ネコ光一
Illustration
Nardack
2
WORLD
異世界式教育特務
TEACHER

CONTENTS

Illust：Nardack

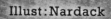

《序章》

寶石龜。

身體由岩石與特殊礦石構成，比鋼鐵還堅硬的龜型魔物。

一般的武器與魔法無法對牠造成傷害，外加比我大上將近十倍的巨大身軀，聽說是種難纏的魔物，但牠的身體是岩石構成的，走路非常慢，不費吹灰之力就能甩掉牠。

由於龜殼上的寶石可以賣到高價，為了賺大錢而捕獵牠的冒險者層出不窮。

不過大部分的人好像都會因為牠的防禦力及力量命喪黃泉。

我們現在就在和寶石龜戰鬥。

「我上了！『風彈』。」

從艾米莉亞手中射出的風彈命中龜殼，卻只在表面輕輕刮了一下。這個風魔法雖然可以輕易擊碎小石頭，直接攻擊牠果然沒什麼效。

「接下來瞄準觸手！」

「是！『風刃』。」

動作緩慢的寶石龜可怕在牠的防禦力和從龜殼伸出來的無數觸手。每根觸手都能自由活動，擁有輕輕鬆鬆就能撕裂人體的力量，因此不能貿然接近。

然而觸手並非岩石做成的，用艾米莉亞的風刃就能砍斷它。

「沒問題吧。好，就這樣把牠引過來。」

我一邊向艾米莉亞下達指示，一邊在離魔物有段距離的上坡上畫出魔法陣。用某種礦石和藥草調和成的特殊液體畫出的魔法陣，是操作地形的土屬性初級魔法「塑形(Create)」。

我將魔力注入魔法陣發動魔法，在地上做出一個足以容納我整個人的洞。

然後再設置這東西……完成。

「嗯，準備好了。艾米莉亞！」

「瞭解！」

我一打信號，艾米莉亞就帶著因為觸手被砍斷而勃然大怒的魔物跑過來。

我也配合她後退，在魔物走到我做出來的洞的正上方時……

「全部砍斷！」

「是！『風刃』。」

艾米莉亞聽從我的命令使用魔法，再次切斷從龜殼長出來的觸手。

「就是這樣。發動！」

確認觸手全部被砍斷後，我將魔力注入從洞裡拉出來的「魔力線」，魔物的上半身便伴隨轟然巨響離開地面，倒向後方。

只要能把寶石龜抬起來一些，牠就會因為龜殼的重量自己往後倒。

「哇……那麼大的身體為什麼會倒下來？」

「我在剛才做的洞裡放了『衝擊（Impact）』。」

我想像上輩子連鋼鐵做成的戰車都能炸壞的對戰車地雷，將「衝擊」設置在那個洞裡待機。

即使讓它處於待機狀態，放著不管遲早會爆炸，但我事先把魔力做成的線「魔力線」連在上面，透過它注入魔力，如此便能在任意時機發動「衝擊」。類似所謂的有線式遙控炸彈。

爬上坡時傾斜的身體若是受到正下方襲來的「衝擊」，不用打倒牠也能把牠的身體抬起來。

「看招——！」

魔物四腳朝天倒在地上，撼動大地，露出毫無防備的腹部……雷烏斯瞬間飛奔而出。

寶石龜的弱點是腹部中央的心臟，為了攻擊牠的心臟，我叫雷烏斯在旁邊伺機而動。他衝出來一口氣跑上魔物的身體，用劍全力刺向疑似心臟的紅色部位。

「喔、喔喔⁉」

不過牠的腹部雖然不及龜殼，也挺堅硬的，雷烏斯的劍只刺得進一半，好像沒辦法解決掉牠。魔物反而痛得開始掙扎，雷烏斯光是抓著劍防止被甩下來就竭盡全力，更遑論把劍壓進去。

「雷烏斯，把劍放開！」

「可是！再壓下去一點……就能打倒牠了！」

本來就算牠仰倒在地，也能用觸手撐起身體，但剛才艾米莉亞用魔法將觸手全數砍斷，牠應該起不來才對。

然而觸手好像會立刻開始再生，等牠爬起來雷烏斯會被壓扁，因此我怒吼著命令雷烏斯：

「不要太高估自己的力量！退下！」

「⁉」

雷烏斯終於聽懂了，乖乖離開魔物，我在同一時刻衝出去，用「空中踏臺」在空中跳了兩次，高高躍起。

然後在跳到魔物正上方的瞬間把魔力集中在掌心，強烈想像前世用過的榴彈槍。

「給我安分點。『射擊』。」

朝魔物臉部射出的魔力彈在命中的同時釋放強大衝擊波，使牠停止動作。

魔法只有稍微擦傷魔物的臉，但那只是為了牽制住牠幾秒鐘，真正的攻擊是下一招。

「『麥格農』。」

魔力彈從指尖不斷射出，接連射中雷烏斯刺進去的劍，把劍壓得更裡面，劍刃全部刺進去時，魔物哀號著用力伸長四肢，然後就一動也不動了。

「成、成功了嗎？」

「雷烏斯，你有沒有受傷？」

雷烏斯在魔物附近吁出一口氣，艾米莉亞跑過去想要確認他的傷勢，不過……

「……咦？呀啊!?」

「姊姊！」

魔物還活著。

牠伸出長回來的觸手，抓住在牠旁邊的艾米莉亞把她舉起來……

「艾米莉亞！」

我立刻向上一跳，用迪給我的劍砍斷觸手。

接著在空中抱住從觸手的束縛下解放、直線墜落的艾米莉亞，對劍刺中的地方使用「衝擊」，讓劍刺得更深，這次魔物真的再也不動了。我用「探查」調查牠的生體反應，確認牠已經沒命，抱著艾米莉亞降落在雷烏斯面前。

「姊姊，妳沒事吧！」

「嗯，沒事。天狼星少爺，謝謝您。」

「沒事就好，你們知道我想說什麼吧？」

我對他們投以斥責的目光，姊弟倆沮喪地點頭。

「是的。我以為魔物已經被打倒，太大意了。」

「我也太鬆懈了。」

「看來你們都懂。不過雷烏斯還有一個吧？」

到他用劍刺魔物為止都沒有問題，問題在他之後採取的行動。

把劍壓進去確實可能打倒牠，但當時雷烏斯被魔物甩來甩去，很有可能不小心把劍拔出來。

所以我才叫他放開……

「嗯。對不起，沒有聽大哥的話。我想說只差一點點，就……」

「不，我不是在氣你不聽我的指示。」

他不聽話當然也會令我困擾，可是我想栽培的並非沒人下令就不會行動、宛如士兵的徒弟。

我最注重的是判斷力。

這次參加戰鬥的人不只雷烏斯。所以我希望他在我叫他退下時就馬上判斷自己能力不足，不要固執己見，乖乖把敵人交給我對付。

總之就是我想訓練他們的判斷力，讓他們可以靠自己的腦袋瞬間想出最適當的行動。我向他們說明後……兩人一副似懂非懂的樣子點點頭。

「我的意思是，你們要迅速判斷自己什麼事辦得到什麼事辦不到。簡單地說，就是分辨打得過的對手和還沒辦法打過的對手。」

「我懂了！」

雷烏斯的思考模式越來越像萊奧爾爺爺，害我有點擔心，不過既然他聽得懂就算了吧。

「這並不簡單，不用馬上理解也沒關係。可是希望你們記在腦海裡。」

這種事就是經驗最重要。你們還是小孩子，我期待你們未來有所成長，經歷各式各樣的事，總有一天自己察覺到。

「失敗也無妨，只要好好反省，下次改進就行了。不要害怕，放手挑戰吧。」

「「是！」」

說教就先到此為止吧。

「不過你們動作不壞。艾米莉亞冷靜地使用魔法，雷烏斯衝出來的時機也分秒不差。你們確實在變強喔。」

「真的嗎！」

「好耶！摸我頭，摸我頭嘛！」

我照姊弟倆的要求摸摸他們的頭，他們便高興得尾巴狂搖。

訓完話後，我們動手找寶石龜身上的寶石，在魔物上頭的雷烏斯大叫道：

「啊啊啊啊啊啊啊——!?我、我的劍！」

雷烏斯的劍被我的「麥格農」射得整把埋進魔物體內，豈止如此，劍柄還承受不住衝擊完全壞掉了。別說撿回來，連揮都沒辦法揮。

這把劍是迪去城內採購時買回來的，雷烏斯拿到它時真的很開心。他垂頭喪氣跪在地上，我摸摸他的頭向他道歉。

「抱歉。雖然我不覺得你會接受，我的劍給你代替……」

「……沒關係，那是大哥的劍。而且，有幫上大哥的忙就好。」

「等等一起去向迪道歉吧。如果寶石賣得到好價錢，我再找更好的劍買給你。」

「真的嗎！謝謝大哥！」

說實話，迪買回來的劍是大量製造的便宜貨。

如今雷烏斯變強了，不適合用那把劍，所以我想差不多該買一把新劍給他，或許這正是個好機會。但我毀了雷烏斯的回憶也是事實，要好好反省。

之後我們重新開始調查魔物的甲殼，和我調查不同邊的艾米莉亞疑似找到目標了。

「天狼星少爺，好像是這個。」

「幹得好，艾米莉亞。」

我摸了下艾米莉亞的頭後定睛一看，一顆金色寶石埋在硬如岩石的龜殼中。只要祭出我的祕銀刀，龜殼也能輕易割開，因此我成功取出寶石，沒有傷到它一分一毫。

「哇……好漂亮。」

「嗯，我也是第一次看到這麼大的寶石。」

大小跟我上輩子的橄欖球差不多。除此之外，明明是尚未加工的原石，光是用布擦一下就閃閃發光，是顆美麗的寶石。

雖然費了好一番工夫，今天在深山裡訓練是正確的。雷烏斯的直覺讓我們發現寶石龜，遇到這個賺大錢的好機會。

「嘿嘿……諾艾兒姊和迪哥看到八成會嚇一跳！大哥，快點回家吧！」

我們一面想像他們驚訝的模樣，得意洋洋地回到家中。

《雨過天晴》

「和寶石龜戰鬥!?是說……那是怎樣的魔物呀？」
「是非常危險的魔物，我絕對贏不了。」
「咦咦!?大、大家沒受傷吧!?」
回家後我們立刻向兩人報告，諾艾兒一如往常的反應令人安心。
「如你們所見，我們平安無事。比起這個，這是今天的戰利品。」
看到我拿出來的寶石，他們張大嘴巴，僵在原地。
「給妳，要拿拿看嗎？」
「喵——!?不要啦！請您不要小看動不動就打破盤子的我！」
這沒什麼好驕傲的，還是不要給諾艾兒好了。
總之先給本來是冒險者、感覺眼光很好的迪看看，麻煩他鑑定。
「……我也不是很懂，但我認為這能賣到不錯的價。」
「果然嗎，這麼高價的東西要拿到哪裡賣呢……」

賣掉它應該可以賺不少，但這也代表我們會帶著一筆大錢。倘若被人知道我們帶著一顆寶石去店裡賣，想必會有一些盜賊或蠢貨盯上這筆錢，搞不好還會跟蹤我們到家裡來。

在我考慮要不要去遠一點的城市賣掉它時，迪面帶微笑看著我。

「天狼星少爺，可以請您把這顆寶石交給我賣嗎？」

「……你知道賣掉它有什麼風險吧？」

「是。我當冒險者時有個夥伴，是值得信賴的人。」

我詢問詳情，迪說的夥伴不當冒險者後轉行當商人，在迪平常添購日用品的城市開了家店。

搬到這棟房子後，迪長年以來好像都是找他買東西，對方會便宜賣家裡的消耗品給迪，媽媽做來賺學費的藥和素材也是那間店收購的樣子。

「前幾天我出去買東西時，聽見那傢伙說他在找稀有物品。如果是這顆寶石，他八成會高興地買下來。」

「嗯，這樣應該可以賣到好價錢。」

連小心謹慎、不擅長與人交流的迪都這麼說了。我決定相信迪，全權交給他處理。順利的話，我擔心的問題應該就會迎刃而解。

趁現在在討論這個話題，順便解決另一個問題好了。

「先別管寶石了，你託人家做的那東西做好了嗎？」

「什麼！」

迪望向身上的口袋，所以我判斷他肯定把那東西帶在身上。

「『那東西』是指啥？」

「迪先生託人做了什麼呢？」

「沒有……那個是……」

我們家的天然姊弟被迪的反應勾起興致，因此迪必須說些什麼。所有人視線都集中在迪身上，迪漸漸被逼急了，但我希望他別再逃避。

「迪，想想媽說了什麼。」

「天狼星少爺……」

迪緩緩點了下頭，神情嚴肅，從口袋裡拿出那東西，執起諾艾兒的左手把它戴在無名指上。

「哇……好漂亮的戒指。是要給我的嗎？」

「諾……諾艾兒！」

「是？」

迪用力吐出一口氣，握住諾艾兒的雙手……

「跟我…………跟我結婚吧！」

「……啥咪!?」

他終於告白了。

「啊……那個……我嗎?」

「嗯,就是妳,諾艾兒。我想跟妳……永遠在一起。」

「我……是獸人唷?而且還當過奴隸……」

「無所謂。我喜歡妳。我希望妳一直笑著待在我身邊。所以……希望妳給我個答覆。」

「……嗯!我要……嫁給迪先生!」

諾艾兒露出燦爛笑容抱住迪,迪牢牢接住她後回抱諾艾兒。

長久以來……持續十年以上的兩情相悅,如今終於開花結果。

「諾艾兒,迪,恭喜你們。」

「太好了諾艾兒姊!迪哥!」

「恭喜兩位!我也很高興!」

「天狼星少爺,大家……謝謝你們!」

「謝謝大家……」

媽媽……妳看見了嗎?

雖然失去妳的悲傷仍未消散,我們臉上都帶著笑容,所以請妳放心。

我和兩姊弟不斷為幸福相擁的兩人獻上熱烈掌聲。

在那之後我們吃完晚餐，至於決定結婚的那兩個人變成什麼樣子……

「喵呵呵……迪先生。」

「諾艾兒……」

他們並肩坐在沙發上深情對望，反覆呼喚對方的名字。

諾艾兒和迪完全進入兩人世界，放著不管大概會一直這樣下去。大概是至今以來都維持不近不遠的距離單戀的副作用，害他們一口氣爆發了吧。

兩人散發出看了連嘴巴裡都會冒出甜味的甜蜜氛圍，艾米莉亞雙眼發光看著他們。

「唉……好棒喔。我也遲早會跟天狼星少爺……不行不行！我是天狼星少爺的隨從，能待在他身邊就夠了。只要他總有一天願意抱我，我就……」

……這裡也有一名少女進入只屬於自己的世界。

我嘆著氣撫摸艾米莉亞的頭，把她拉回現實。

「啊!?呵呵呵……天狼星少爺……」

「妳回來啦。還有那邊那兩位，只用耳朵聽也沒關係，希望你們聽一下我說話。」

「啊!?十、十分抱歉！」

「喵呵呵……」

……諾艾兒沒有回來。算了，講到一半就會回來了吧。

「明天我想舉辦你們的婚禮。」

「「「婚禮!?」」」

諾艾兒一下就回到現實世界。

「我只要和諾艾兒在一起就夠了，不必那麼大費周章。」

「對、對呀。我們沒那個錢……」

「婚禮只有我們幾個參加，所以不用錢啦。」

畢竟他們讓大家等了那麼久，不好好慶祝我無法接受。

「諾艾兒姊！迪哥！就來辦婚禮嘛。」

「對呀！我也想幫兩位慶祝。」

「哎，就算你們不允許，我們也會擅自準備。你們只要等大家準備好就行了。」

其實我本來想偷偷跟兩姊弟一起準備，但房子這麼小，八成一下就會被發現。

既然如此乾脆讓他們也來幫忙，看看他們有沒有什麼要求，應該能辦成一場不錯的婚禮。

聽見我們這麼說，諾艾兒和迪放棄推辭，點點頭展露微笑。

「「謝謝您，天狼星少爺。」」

婚禮是辦來祝賀他們結婚的。

在那之後，我們直到晚上都在討論明天的婚禮。

隔天，所有人一大早就起床在客廳集合，確認各自的工作。

「那就和昨天安排的一樣，艾米莉亞和諾艾兒做衣服。雷烏斯去找食材。我和迪負責準備料理。」

「「「是！」」」

「我給妳們的資料只是參考用的。太難的話不需要勉強做出來。」

「不會！今天就做出來給您看！」

「沒錯。現在正是展現艾莉娜小姐傳授的技術之時！」

艾米莉亞和諾艾兒拿著昨晚我畫來當樣本的婚紗圖，幹勁十足。

「雷烏斯，有什麼事要立刻回來喔。」

「交給我吧，大哥！」

對現在的雷烏斯來說，附近的森林跟自家後院一樣，一個人也不會有問題吧。

他們三個離開後，我帶著迪來到廚房。

「那開始做菜吧。」

「請您多加指點。」

迪單手拿著紙筆，滿臉期待站在旁邊。

他知道我要做新菜。這人對料理的求知欲真的很旺盛。

「話雖如此，我預計做的鳥肉料理要等雷烏斯帶肉回來。先從蛋糕開始做吧。」

「蛋糕!?要在我們的婚禮上端出只有貴族會用的料理……」

「放心吧，我要做的蛋糕和你想像中的蛋糕不一樣。」

上輩子一點都不稀奇的蛋糕，在這個世界與其說是食物，似乎更接近重視外表的裝飾品。根據書上的情報，只需要把砂糖加進麵包的麵糰裡拿去烤，切成圓形後放上水果，做法簡單又粗糙，感覺一點都不好吃。

貴族會疊好幾層麵糰，麵糰越多地位越高，是一種表示社會地位的料理。

我當然不打算做那種蛋糕。

我要用蛋和奶油等材料做海綿蛋糕當底，再用最近才做得出來的鮮奶油和水果裝飾，做個正常的蛋糕。

「把這些材料拌在一起一直攪，再拿去烤。」

我一面教迪一面動手，拌好材料後將蛋糕體放入旁邊的鐵箱。

「這個步驟的時間最難抓，要用身體去記。」

廚房裡有個鐵箱雖然顯得格格不入，其實是我請迪去城裡託人做的。

我在裡面畫了可以散發高熱的魔法陣，注入魔力發動它後，就能從各個方向烤熟裡面的東西，即是上輩子的烤箱。

「……好，差不多了。接下來……」

「大哥！我帶水果和鳥回來啦！」

海綿蛋糕順利烤好，在我教迪怎麼做鮮奶油時，雷烏斯回來了。

「辛苦了。不過雷烏斯啊……你未免太有幹勁。」

「因為這是諾艾兒姊和迪哥的婚禮耶？菜不夠多我可不能接受。」

雷烏斯帶的袋子滿到水果都快掉出來，雙手還拿著六隻長得像鴨子的鳥。

怎麼看都不是五人份的食材，而是十人份。雖然我沒指定分量也是原因之一，現在我知道這種時候不可以讓雷烏斯遵循本能了。

結果除了做派對料理，還得處理用不完的食材保存起來，花了比想像中還要多的時間。

傍晚，我們在用客廳布置成的會場舉辦諾艾兒與迪的婚禮。

扮演神父的我穿著有模有樣的長袍站在踏臺上，迪身穿有點高級的衣服，一直坐立不安地等待諾艾兒。

「迪哥，你冷靜點啦。諾艾兒姊又不會跑掉？」

「嗯……我知道。」

迪看起來一點都不冷靜，心神不寧的，連雷烏斯都有點傻眼。

不過結婚都會緊張吧。我慈祥地看著平常面無表情的迪難得露出這種表情。這時客廳的門打開，換上手製婚紗的諾艾兒走了進來。

「讓大家久等了，主角現在登場。」

艾米莉亞在旁邊牽著她的手，面帶滿足的笑容。

諾艾兒身上的婚紗用到媽媽教她們的技術，將蕾絲縫在一起，利用布料的膨度做出裝飾。雖說是臨時趕出來的，這件衣服做得還真漂亮。

諾艾兒一語不發，慢步向前，站在迪前面露出笑容。

「怎麼樣？我……漂亮嗎？」

「嗯……很漂亮。」

迪一副魂不守舍的樣子，完全看呆了。

這段期間，艾米莉亞靜靜離開，兩人緊張地面向我。

為什麼呢……看到他們倆站在一起，我有點鼻酸。感覺像嫁女兒的父親，但現在可不是感傷的時候。

「那麼開始吧。」

「「是。」」

這個世界的婚禮流程是招待親戚朋友，在所有人的見證下透過神父向上帝發

誓，然後舉辦派對……和前世沒什麼差，可是只有貴族會這麼做，平民和一般人則比較自由的樣子。

「我看好像沒有固定程序，可以照我的方法做嗎？」

「這場婚禮是少爺您提議舉辦的，就交給您了。」

「我也是。」

「謝謝你們。你們只要回答我的問題就好。」

上輩子執行潛入搜查的任務時我模仿過神父，想不到有一天竟然會當真正的神父。

我清了下喉嚨，轉過身去，彷彿在向神禱告般抬頭望向上方，開口說道：

「上帝啊……我們即將舉辦迪馬斯與諾艾兒的婚禮。請您見證他們的婚禮，接受他們的誓言。」

我回頭看著神情緊張的兩人。

「那麼新郎迪馬斯，你願意發誓無論新娘諾艾兒身體健康或不適，都會愛著她，一輩子陪在她身邊嗎？」

「我……我願意！」

「新娘諾艾兒。妳願意發誓無論新郎迪馬斯身體健康或不適，都會愛著他，一輩子陪在他身邊嗎？」

「……是的，我願意。」

「你們願意將自己獻給對方嗎？」

「「願意。」」

「那麼，請新郎為新娘戴上戒指。」

前世是要交換戒指，但迪沒辦法準備兩個，所以只有諾艾兒的份。

我本來還在擔心迪會不會緊張到動彈不得，不過當我把迪寄放在我這邊的戒指交給他，迪就用顫抖著的手將戒指戴在諾艾兒左手的無名指上。

「……我會努力。我一定會讓妳幸福。」

「不對，不只是迪先生，我也會努力的。我們要一起得到幸福。」

「嗯。」

氣氛自然而然就變得不錯，因此我向他們宣布婚禮的最後一個步驟。

「那請兩位對對方獻上誓約之吻。」

「「咦!?」」

他們好像覺得接吻太難為情，但這也是重要的儀式之一，不照做的話我會很困擾。

我一直盯著他們，表示不接受異議，迪只得下定決心，抓住諾艾兒的肩膀深深一吻。

「哇——!」

「喔喔喔喔!?」

在旁邊看的那兩隻超吵，雖然我也不是不能理解。

本來這種時候應該要保持安靜，但現在只有自家人在場，我就睜一隻眼閉一隻眼吧。

「兩人在今天這一刻結為夫妻。上帝啊，請您永遠祝福他們。請各位為新郎新娘鼓掌。」

「「恭喜!」」

諾艾兒和迪露出燦爛笑容，回應兩姊弟熱情的掌聲與祝福。

「謝謝你們。」

「大家……我……現在非常幸福!謝謝。真的……謝謝大家!」

就這樣，兩人的婚禮畫下完美句點。

『……恭喜你們。』

這時我覺得……媽媽好像坐在我們多準備一張的椅子上，拍著手祝福他們。

婚禮結束後要開派對。

話雖如此，我們人數不多，也沒有任何餘興節目，所以也可以說是一頓豪華點的晚餐。

諾艾兒換回平常穿的女僕裝後才來享用我們準備的料理，大概是因為穿著婚紗不好吃飯吧。

「嗯……這個肉又嫩又入味，好好吃喔。」

這次我準備的是一整隻烤雞……之類的東西。

儘管不是聖誕節，說到慶祝就會想到烤雞。而且這種鳥比實際上的火雞還好吃，那就更好了。

「欸，諾艾兒姊，妳明明那麼適合穿婚紗，怎麼換下來了？」

「因為那是我與艾米一起做的衣服，得到大家祝福的紀念嘛。我想好好珍惜它，不希望它髒掉。」

「也是啦。不過諾艾兒姊，妳穿那樣真的很漂亮！」

「嗯，謝謝你。能在天狼星少爺、艾米和雷雷的守護下和迪先生結婚。我真的很幸福。」

諾艾兒帶著滿面笑容不停吃東西，姊弟倆也沒有輸給她，可是艾米莉亞吃到一半好像想到什麼，停下手歪過頭。

「姊姊都跟迪先生結婚了，還是要叫他『迪先生』嗎？」

「說得也是。果然要改成……那樣稱呼他吧？天狼星少爺煮的菜還是一樣很好吃呢，親・愛・的。」

「唔咕!?」

迪默默把食物往嘴裡送，以掩飾害羞，卻被諾艾兒這句話害得噎到。

這招對迪這個戀愛新手來說攻擊力太高，怎料諾艾兒的攻擊還沒結束。

「來，親愛的。啊……」

「喂……諾艾兒。」

她將叉著雞肉的叉子送到迪嘴邊，笑咪咪地等他張嘴。

迪不可能拒絕得了愛妻的好意，做好覺悟咬下那塊雞肉。

「喵呵呵……好幸福唷～」

他們再度進入兩人世界，開始向四周釋放甜膩空氣。

艾米莉亞兩眼發光凝視兩人，雷烏斯不解地歪過頭。順帶一提，我並不在意這種事，只要他們幸福就好，所以我選擇放著不管。

「大哥，迪哥和諾艾兒姊有種難以接近的感覺，是我的錯覺嗎？」

「他們很幸福，所以靜靜守護人家吧。」

「既然大哥都這麼說了。不過我身體怎麼有點癢……」

看到他們製造的兩人世界，雷烏斯好像會覺得癢。這孩子能夠感應到獨特的氣息，對他來說那個甜蜜空間似乎就是這種感覺。

「好好喔。姊姊好好喔……」

艾米莉亞則感慨萬千，盯著自己叉子上的雞肉。

「不行……不可以！我是少爺的隨從，不能做這種事。可是要照顧少爺的話，果然還是……不不不，不行不行！」

她自言自語一長串，然後又自我否定，手上的叉子卻往我嘴邊遞過來。這個缺乏自制力的弟子令我無奈，但乖乖張嘴咬下雞肉的我也沒資格說她。

「唉……好幸福……」

「咦？看到姊姊我身體也會癢耶。怎麼會這樣？」

「等你長大就會懂了……大概。」

「『大概』是什麼意思!?」

意思是你很天然，大了也不一定會懂。

吃完晚餐，輪到首次亮相的蛋糕登場。儘管蛋糕體有點硬，味道可是美味的蛋糕。

看到鮮奶油做成的漂亮裝飾，三位獸人興奮不已。

話說回來，婚禮還要新郎新娘一起切蛋糕。諾艾兒雖然已經把衣服換了，現在切也不遲，就讓他們——

「這、這就是蛋糕嗎!?和貴族吃的蛋糕完全不一樣！」

「哇……好漂亮。怎麼做的呀？」

「大哥好厲害！」

……看來有難度。

要阻止眼神跟野獸一樣的這三人好像很難，還是放棄吧。

「還有可以改進的地方，不過味道可是有品質保證的喔。」

「「「哇——！」」」

我們家的獸人非常激動。

諾艾兒和迪是婚禮上的主角，因此我幫他們切得比較大塊，所有人在我開動的同時咬下蛋糕。

「……啊啊……好甜好好吃！」

「豪好資喔啊哥！」

「我都不知道蛋糕這麼甜這麼美味！」

「……太棒了。」

隨從們對蛋糕的評價不錯。我倒覺得鮮奶油味道有點太重，不過應該還在容許範圍內。

「親愛的！這蛋糕你當然……」

「做法都記下來了。下次來挑戰看看。」

「親愛的好棒！」

結婚後這兩人的相處模式也沒有改變。他們相處了很多年，對對方瞭若指掌，我認為他們會成為一對好夫婦。

就這樣，諾艾兒和迪的結婚派對一直持續到夜深之時。

最後當然不可以忘記這件事。

我在派對結束後泡的紅茶裡加入安眠藥，讓艾米莉亞和雷烏斯睡著，把他們搬到床上，然後對新婚的兩人說：

「今天忙得要命，我有點累，想好好休息，所以我會戴耳塞睡。你們聲音大一點也沒關係。」

「……什麼？」

「咦!?」

「順帶一提，艾米莉亞和雷烏斯絕對會睡到早上。那晚安囉。」

「天狼星少爺，您這是——呃，等一下，天狼星少爺!?」

我自己也覺得這麼做超刻意，但以之前的經驗來看，表現得這麼露骨反而正好。
新婚當天的初夜也是很重要的儀式，希望他們好好享受只屬於兩人的夜晚。

……隔天早上。

「諾艾兒，身體還好嗎？」

「還有點痛，不過這也是一種幸福，所以別擔心，親愛的。」

看到兩人依偎在一起的幸福模樣，我決定立刻向媽媽報告。

《朝學校前進》

「親愛的！你回來了。」

「我回來了，諾艾兒。」

婚禮後過了幾天，昨天臨時一個人出去買東西的迪回來了。

諾艾兒比我和兩姊弟的鼻子還要早感應到迪回來，率先衝出家門抱住迪。這也是因為愛嗎？

雖然打擾在大門前相擁的兩人不太好意思，如果置之不理他們會一直互相傾訴愛意，因此我硬是介入其中。

「歡迎回家，迪。不好意思，麻煩你特地跑一趟。」

「我回來了。這也是必要的，而且身為隨從，這是我的職責。」

「先進去再向我報告吧。休息一下再慢慢告訴我結果就行。」

「好的。謝謝少爺如此貼心。」

「親愛的，我幫你拿東西。別跟我客氣唷。」

「謝謝妳，諾艾兒。」

「不會不會，身為你的妻子，這也是我該——比想像中還重！」

結果，迪的行李由慢半拍過來的雷烏斯幫忙拿，我們吵吵鬧鬧地進到屋內。

所有人在客廳的沙發上集合，迪喝了艾米莉亞泡的紅茶稍事休息後，從包包裡拿出一個鼓鼓的袋子。

我接過它，把裡面的東西倒出來給大家看。

「這麼多應該很重吧。」

「好亮喔。」

「哇、哇哇……好壯觀！我這輩子從來沒看過這麼多金幣！」

雖然對金錢毫不執著的兩姊弟反應不大，這筆錢可是大到連知道其價值的諾艾兒都嚇到腿軟，而不是先表現出對錢的欲望。

「總共七十五枚金幣。請您確認。」

我不是懷疑迪，但這些錢我們未來會用到，還是仔細確認一下吧。

這些金幣是賣掉之前那顆寶石龜的寶石得到的。辦完婚禮，事情都告一段落後，我請迪幫我拿去賣，想不到它值七十五枚金幣。

「嗯……數量沒錯，也沒有假幣。帶著這麼多錢壓力很大吧。」

「是。我滿緊張的。」

他們交易時好像也是在店裡偷偷進行，只有迪和那名商人知道這筆錢的存在。為了以防萬一，我發動廣範圍的「探查」調查，並沒有偵測到可疑的反應，看來是沒問題。

「欸，姊姊。我知道這麼多錢很厲害，不過到底有多厲害啊？」

「這個嘛……一枚金幣值二十枚銀幣唷。」

姊弟倆過的都是用不到錢的生活，大概是因為以前住在不需要錢的村落，被人抓去當奴隸後又是直接成為我的弟子吧。他們對錢沒興趣也是無可奈何。

「這樣不行唷，艾米。雷雷，以前不是做過一個布丁值一枚鐵幣的問題嗎？也就是說一枚金幣……呃……艾米！」

「值兩千個鐵幣，姊姊。」

「對，兩千個！怎麼樣雷雷？很厲害吧！」

「嗯！好厲害！」

……在各種意義上都是你們比較厲害。

總之換算成上輩子的金額，光這堆金幣就值七百五十萬日圓。外加這個世界物價低，應該是筆破格的巨額吧。

不管怎麼樣，幸好來得及。這樣最大的問題就解決了。

「雷烏斯，你只要知道活著需要錢就行。打個比方，只要有這麼多錢，你們也能去上學喔？」

「「……咦？」」

聽到可以去上學，兩人目瞪口呆愣在原地。

我之前就考慮過了。我在學的時候，他們打算住在我學校所在的城市，然而即使是在城內，罕見的銀狼族被壞人盯上的可能性也很高。

即使身心都經過鍛鍊，他們還是小孩子。會耍手段害人的傢伙隨處可見，所以我想盡量讓他們待在安全的地方。

最適合的就是讓他們和我一起入學。

問題在於學費，不過這麼多錢應該夠了吧。

「這是我之前和媽媽決定的。如果錢夠用，就讓你們也去上學。」

「艾米和雷雷儘管抬頭挺胸去上學。」

「嗯。陪在天狼星少爺身邊吧，連我們的份一起。」

姊弟倆雖然困惑不已，看到我們笑著點頭便放聲高呼。

「「太好了——！」」

兩人似乎在顧慮這麼大一筆錢用在自己身上可以嗎，但他們還小，高興的時候大可直接表現出來。諾艾兒也混進去和姊弟倆一起歡呼，我和迪則在旁邊思考未來的事。

「我記得學費是十五枚金幣？扣掉三人份再扣掉用在『那上面』的錢……」
「還是有剩呢。剩下的請您當成在那邊的生活費。」
「知道了。那剩下的錢就由我來決定怎麼用囉。還有……那傢伙是後天要來沒錯吧？」
「是的，我已經把信寄出去。那人不是很守時，但都拿餌釣他了，他肯定會來。」
「總算趕上了。」
離我們離開這棟屋子的期限只剩不到半個月，那傢伙不僅沒露過臉，連封信都沒寄，我便主動把他叫過來。
放著不管也很麻煩，因此我想在入學前把這件事解決。
我叫到這棟宅邸的人是巴多米爾．德利阿努斯……我的父親。

※　※　※　※　※

兩天後……我在客廳與自己的父親——巴多米爾．德利阿努斯相對而坐。
迪待在我身後，被看到會出問題的獸人們則在其他房間待機。
好了……雖然這是我第一次見到父親，我已經知道他的本性，所以一點感覺都沒有。不只是臉上的皺紋和白髮變多，這人還變胖了些，一看就知道他過著超不健康的生活。

我親自幫一臉不耐的巴多米爾泡了杯紅茶，接著向他問好。

「初次見面，巴多米爾先生。我叫天狼星，是米莉亞里亞的兒子。」

「哦？真有禮貌，看不出是那丫頭的小孩。看來那個隨從教得不錯嘛。」

開口第一句話就極為失禮，人家跟他問好也不會回以招呼的這個男人，就是我的父親。

我在內心感到無奈，巴多米爾喝了口紅茶後環視四周。

「那個隨從呢？我都來了竟然不露個臉，她是什麼意思？」

「……艾莉娜在幾個月前去世了。現在這個家由我管理。」

「是嗎，終於死啦。她是很能幹沒錯，一扯到那個小姑娘就囉哩八嗦的。」

「艾莉娜她……是擔任我的隨從撫養我長大的出色女性。我能長到這麼大，全是託艾莉娜的福。」

「你說她出色？說不定她企圖洗腦你侵占我家喔？」

這人真擅長惹怒別人。他的本性似乎就是如此，因此更惡劣了。

我壓抑住從心頭湧上的怒火，繼續維持職業笑容，後面的迪卻釋放出明確的怒氣。不過他眼神平常就很銳利，對方好像沒注意到。

我用「增幅」強化聽力，傾聽走廊上的聲音……

『雷烏斯，不可以！你進去也做不了什麼！』
『放開我姊姊！那傢伙侮辱了艾莉娜小姐！我絕對不會原諒他！』
『我明白雷雷很生氣，可是現在不能過去唷。拜託你忍耐一下！』

真是……我明明叫他們在房間等。
但他們為媽媽生氣的聲音反而使我冷靜下來，這時巴多米爾疑惑地望向客廳的門。

「怎麼有點吵。外面有什麼東西嗎？」
「您別在意。話說回來，我之所以請您過來……」
「噢，對喔。你們寄給我的信上說得到一筆大錢，想要交給我，金額應該值得我這個大忙人特地跑一趟吧？」

媽媽和艾莉娜去世時，這人連臉都不露一下。我認為用一般的方式找他、他也不會過來，便在信上提到了錢。

根據迪在城裡收集的情報，德利阿努斯家經濟狀況好像不太好，知道有錢拿，他肯定會飛奔而來。

「是的，其實我請您過來，就是想親手把這交給您。」
「哼，想讓我滿足——這、這是!?」

巴多米爾看到袋子裡的東西，臉上充滿驚愕。

哎，在這麼偏僻的地方收到裝滿金幣的袋子，當然會驚訝囉。

「金幣!?你是怎麼搞到這東西的？」

「這是艾莉娜存了好幾十年的錢。艾莉娜的遺言說這是留給我的，我想把這筆錢交給您。」

「哦，值得讚賞。可是你給我這麼多錢，想必是有所求對吧？」

「正是如此。不過在我提出要求前，請容我先訂正一件事。那些錢本來就是屬於您的，我只是把它物歸原主而已。」

「我的錢？」

他笑著把金幣收入懷中，因我這番話面露疑惑。

「是的。那是您這幾年交給艾莉娜的我的養育費。艾莉娜都有記錄，我想不太可能不夠。」

「哼，那個隨從確實會幹這種事。」

沒有直說我給的金額太多，這人格局真小。

根據艾莉娜的紀錄，巴多米爾給她的養育費頂多十五枚金幣。那傢伙似乎在盤算該用什麼理由收下多出來的金幣，我在他開口前率先說道：

「您讓我們住在這棟房子，所以我多給了一些。關於剛才想拜託您的事……」

「哼，你該不會要說想成為我的繼承人候補吧？」

「不是的。我打算搬出這裡，也對繼承德利阿努斯家一點興趣都沒有。我的願望只有一個，就是捨棄德利阿努斯之名。」

我之所以叫這個男人來，是為了給他錢和他斷絕關係。

我對貴族生活毫無留戀，也不會想依賴這個身分。

而且如果繼續背負越來越沒落的德利阿努斯之名，未來說不定會有麻煩的責任落到我頭上。總之我想徹底和這傢伙撇清關係。

雖然被趕出這棟房子就跟斷絕父子關係差不多，我還是想聽一家之主親口說明白。

「……你瘋了嗎？竟然要捨棄高貴的德利阿努斯之名？」

「是的。我要以天狼星的身分活下去，不是貴族也沒有其他身分。」

沒錯……我要飛到外頭自由自在地生活，就只是做我自己。

這也是亞里亞媽媽和艾莉娜媽媽的願望。

聽到我的要求，巴多米爾打從心底露出傻眼的表情。有人給你錢叫你跟他斷絕關係，傻眼也是正常的。

接著，他看待我的目光轉為鄙視，但我一催促他回答，他就開口說道：

「行。我德利阿努斯家的當家巴多米爾命令你，你再也不許報上德利阿努斯的家名。從現在開始，你和我們家一點關係都沒有。」

「遵命。」

我從來沒有報過德利阿努斯的家名，不過先點頭就對了。

總之，這樣我就和這傢伙沒關係了。

趁雷烏斯失控前趕快叫他回去吧。

「我想說的就這樣。謝謝您。」

「嗯。這時間花得值得。」

來到這裡時他一臉不耐煩，現在則帶著金幣十分滿足。

眼中充滿欲望。不用想都知道他會去城裡大肆揮霍。

「好了，照理說變成外人的你必須離開這裡，我就看在這些金幣的份上再讓你住一陣子吧。因為我這人很溫柔嘛。」

「謝謝您。」

「不過萬一我下次來還看到你們住在這棟房子，我會把你們當盜賊抓走，給我做好覺悟。」

「明白。近期我們就會搬出去。」

巴多米爾高高在上地扔下這句話就回去了，考慮到這男人的性格，八成會懷疑我身上還有錢，馬上又過來找我。

這是我們父子倆第一次見面也是最後一次，我不再是貴族……就只是天狼星。

「……天狼星少爺。」

在門口目送巴米多爾的馬車開走後，迪仰起頭，憤怒地握緊拳頭。

「我在之前的宅邸工作時，跟那男人幾乎沒有接觸。可是這麼不甘心的感覺……艾莉娜小姐每次見到那男人都會體會到。」

「是啊。不曉得她見過巴米多爾幾次，艾莉娜真的很堅強。」

「我好生氣。氣自己珍視的人們被那傢伙侮辱……卻什麼都做不了。」

「不，萬一你出手，諾艾兒說不定會有危險。幸好你忍住了。」

「不敢當。」

那種人利用貴族的權力通緝看不順眼的對象都不奇怪。無權無勢的我們最好不要貿然行事。

「比起這個，我已經不是貴族了。沒必要對我這麼畢恭畢敬喔？」

「不。無論發生什麼事，天狼星少爺都是我的主人。」

「我當然也是這麼想的！」

「我也是！我要做為您的隨從，跟隨您到天涯海角！」

「我也是，大哥！」

我回頭一看，大家都面帶笑容看著我。

是啊。你們是我的隨從、徒弟，也是……重要的家人。

「……謝謝你們。」

為了回應大家的信賴，我將所有的感謝之情灌注在這句話中。

之後我們回客廳喝紅茶休息，艾米莉亞走到我面前，好像想說些什麼。

「那個，天狼星少爺的父親……呃……」

「那傢伙已經不是我的家人，不必顧慮我的感受。妳看，我不也是直呼他的名字把他當外人看？」

「……瞭解。那麼我就直說了，那人真的好過分！不管發生什麼事，怎麼可以對自己的小孩那麼冷漠！」

「對啊對啊！還一直那樣說艾莉娜小姐！我死都不會原諒他！」

銀狼族是很重視家人的種族，巴米多爾講那種話，他們絕對不會原諒。

而且我的家人是你們，和那傢伙斷絕關係根本不痛不癢。我反而覺得他應該可以拿來當兩姊弟的負面教材，告訴他們世界上還有如此下賤的人。

「他討厭獸人，所以在之前的地方工作時，常常用討厭的眼神看我。」

「真不敢相信有人會討厭獸人。諾艾兒明明這麼可愛。」

「親愛的……」

「諾艾兒……」

我已經搞不懂什麼事會讓他們進入兩人世界了。

我清清喉嚨，他們便恢復正常，若無其事地繼續交談。

「不過虧天狼星少爺忍得住耶？換成是我，在他侮辱艾莉娜小姐的瞬間就會賞他一巴掌！」

「對啊！以牙還牙才是大哥的風格吧？」

「……你們真的以為我什麼都沒做？」

「難道……您給他的是假金幣？」

「不是。是那傢伙什麼都沒發現就喝下去的紅茶。」

我在紅茶裡下了讓男人的那話兒舉不起來的毒，由於艾莉娜擅長藥草學，我才做得出這種東西。

效果會持續好幾天，我用了特殊的調配法把它調成遲效性的毒，應該今天晚上會發作。用剛拿到的大錢找女人卻站不起來，想必他會大受打擊。

在場還有兩個未成年人，因此我解釋得模稜兩可。一部分的隨從揚起嘴角。

「原來您說要自己泡紅茶就是為了這個。幹得好！」

「對那個男人來說足以致命。」

「雖然我聽不太懂，意思是會氣死那傢伙對吧！大哥果然還是老樣子！」

「請原諒我多嘴，您要注意使用方式唷。萬一您不小心喝到，我就少一件事可以照顧您了……」

那名擔心地看著我的隨從明明尚未成年，對這方面卻莫名瞭解。

恐怕是艾莉娜教的。總之我假裝沒聽見，拍了下手改變話題。

「好了，別管那個人渣，轉換一下心情吧。大家都準備好了嗎？」

「萬無一失。」

「家裡都打掃乾淨了！」

「這邊也沒問題。」

「我隨時都可以開始！」

我滿意地點點頭，高聲宣布：

「很好，那來開派對吧！今天要玩到早上喔！」

「「「是！」」」

其實我們已經做好踏上旅途的準備，明天就會離開這棟房子。

巴米多爾很可能覺得我們手上還有錢，數日內殺到這裡來，所以要盡快離開。

那傢伙不可能料到我們隔天就會走人。可以想像得出他看到沒有值錢的東西、化為一具空殼的房子時露出的悔恨表情。

之後我們著手準備開派對，諾艾兒突然問我：

「天狼星少爺，您的家名要怎麼辦呢？」

「噢……說得也是。去外面生活會用到。」

家名就是剛才我捨棄的德利阿努斯、兩姊弟的席爾巴利恩，類似於姓氏。諾艾兒和迪當然也有，不過家名主要是由貴族使用，平民幾乎沒有機會用到，因此在此省略。

雖然機會不多，世人普遍認為沒有家名很丟臉的樣子，得想個新的出來。

「要用亞里亞大小姐的家名『艾爾多蘭德』嗎？」

「不，艾爾多蘭德雖然已經沒落，畢竟是貴族。如果有倖存下來的分家，可能會出問題。」

「那就想個新的吧。想個讓天狼星少爺飛黃騰達的名字！」

「我又不想飛黃騰達……」

「不可能啦。因為天狼星少爺將來絕對會變成有名人。」

我只是想要栽培弟子環遊世界，完全沒打算變成有名人。在我煩惱的期間，諾艾兒把大家都叫來了，我們便召開會議決定我的新家名。

「第一屆……幫天狼星少爺想家名會議召開。大家拍手！」

諾艾兒大概是覺得好玩才這麼說，肯定不會有第二屆。隨從們無視我的吐槽瘋狂鼓掌，接連舉手發表意見。

「希望能想個與天狼星少爺相襯的家名。那種……讓人覺得很厲害的感覺。」

「和龍有關的如何？」

「天狼星・席爾巴利恩。好像入贅唷……嘿嘿嘿……」

「我不知道入贅是啥，不過和我們一樣的話我贊成。這樣就是真正的大哥啦！」

……不行。交給他們不知道會想出什麼樣的家名。

在他們想出怪名前由我自己決定吧。

最好是不會太華麗，可以成為象徵的家名。因為我想當老師……

……老師？

「……就提切爾（Teacher）吧。」

「提切爾？這名字有意義嗎？」

「在我的前世……不對。在古代文獻裡好像有老師的意思。」

「老師……我覺得很適合！」

「我也是！因為大哥是我們的主人，也是我們的老師！」

「天狼星少爺什麼都知道，這名字再適合不過了。」

「看來……決定了呢。」

就這樣，我的家名決定了。

從今天開始，我不再是天狼星・德利阿努斯……而是天狼星・提切爾。

之後我們用剩下的食材開派對，度過在這棟房子的最後一夜。

啟程當天早上，我們做好準備，在宅邸前面排成一排。

誕生於這個世界上後，我在這裡住了十年，會對它有感情也是理所當然，老實說要搬走還挺寂寞的。

儘管姊弟倆住在這裡的期間沒我那麼長，對他們來說這裡就跟自己家一樣，依依不捨地哭著。旁邊的迪和諾艾兒好像也沉浸在回憶中，一語不發，只是抬頭看著這棟房子。

……雖然很捨不得，總不能一直緬懷過去。

我不走大家大概也不會離開，因此我拍拍兩姊弟的肩膀，轉身邁步。

我聽著隨從們的腳步聲從身後傳來，沒有回頭，走向前方。

謝謝你至今以來的照顧。

媽媽……我出發了。

我們離家走了半天，抵達迪和諾艾兒採購時會來的阿爾梅斯特鎮。

居民眾多，在這個世界算中規模的城市。似乎是我曾經的父親巴多米爾治理的城市之一，獸人數量極少，或許是因為他討厭獸人吧。

因此我叫獸人姊弟和諾艾兒用斗篷附的帽子遮住耳朵和尾巴，避免被人盯上，才進入城市。

在城內躲躲藏藏繞了一圈後，我們和去找交通工具的迪分頭行動，在附近的食堂吃午餐。

「話說回來，艾米和雷雷是第一次到城裡？」

「不是的，當奴隸的時候我們來過好幾次，但我們都被關在馬車裡，下來走倒是頭一次。」

「姊姊和我一直待在馬車的籠子裡。」

他們臉上看不見悲傷之色，是因為心靈變堅強了吧。

「這樣呀，難怪你們會一直四處張望。」

「嗯，有很多稀奇的東西。」

「有各式各樣的人和各式各樣的味道，真不可思議。」

「對呀。我第一次到城裡是被亞里亞大小姐撿回家後沒多久的事，那時我超級不安。可是亞里亞大小姐牽著我的手很溫暖，我捨不得放開。」

「諾艾兒姊也有這種時候啊。」

「那當然。你們不也一樣嗎？姊姊知道你們抓著天狼星少爺的衣服唷。」

然而奴隸時期留下的對人類的不信任感好像還沒消失，進城後他們一直抓著我的衣服不放。哎，久了應該就會習慣吧。

「因為人很多，我有點坐立不安。不過待在天狼星少爺身邊就會冷靜下來。」

「原來城裡有這麼多人。是說大哥明明也是第一次進城，為什麼這麼冷靜？」

「這是心態的問題。」

和上輩子的都市人口密度比起來，這點人根本不算什麼。

「人類到處都是，所以要快點習慣喔。而且即使是那邊的冒險者，你們也能輕易取勝。不需要害怕。」

「……明白。」

「對喔，附近的人感覺都沒有大哥或老爺爺那麼厲害。比起這個……」

雷烏斯邊吃我們點的蔬菜炒肉，一邊納悶地歪過頭。看來並不是很美味，雖然他嘴巴從沒停過。

「這裡的菜和大哥與迪哥煮的完全不同。」

「該說手法粗糙嗎，裡面參雜各種味道，吃起來好微妙。」

「啊哈哈……我懂你們的心情，但那只是因為天狼星少爺和迪先生手藝太好，不是這裡的菜難吃唷。」

大概是因為廚師用香料蓋過味道，外加火候不均吧。說實話是挺粗糙的，可是這麼炒菜也別有一番風味，我覺得並不壞。

過了一會兒，大家吃完飯時，迪帶著一名男性回來跟我們會合。

「久等了。天狼星少爺，這就是我當冒險者時的夥伴賈德。」

「哦……你就是傳聞中的天狼星少爺嗎？」

迪介紹給我們認識的賈德，是名茶色短髮、左眼和左臂有道顯眼傷痕的男性，不愧是當過冒險者的人，身體鍛鍊得挺強壯的。

他看到我時雖然面露驚訝，下一秒就帶著友善笑容向我伸出右手。

我從他身上感覺不到惡意，笑容也不是裝出來的。且諾艾兒和謹慎又不擅長與人交流的迪都很親近他，這人應該值得信賴。

「初次見面。我是這座城市的賈爾岡商會的會長賈德。」

「初次見面。我叫天狼星。」

我握住他的手，發現賈德的手缺了小拇指，但現在比起問這種小事，得先向他道謝。

「我聽迪提過您，聽說就是您收購我們的藥和寶石，幫我們弄到想要的東西。請先讓我向您致謝。」

「別這麼客套啦。不只那些好藥，還賣這麼珍貴的寶石給我，我們才要向你道謝咧。」

「那就當互不相欠了。是說『傳聞中的天狼星少爺』是什麼意思？」

「沒有啦，因為迪最近會買一些怪東西，我問他理由，他只說是他的主人天狼星少爺要的，所以我很好奇。」

因為我叫他買的都是烤蛋糕用的附蓋子的鐵箱，這種乍看之下莫名其妙的東西。

「我叫他多跟我說說，他告訴我天狼星少爺是小孩子，我還想說怎麼可能……沒想到真的是小孩。」

「我講過很多次了。」

「就是嘛。還有天狼星少爺生氣非常可怕，你要小心唷。」

……他們到底是怎麼說我的？

「請您別把他們說的放在心上。那是因為他們倆比較特殊。」

「可是你確實是照顧迪的恩人，直接叫你名字也不太好。以後我就叫你老闆啦。」

「請自便。話說回來，賈德先生和迪是當冒險者時的同伴對吧？」

「是啊，我們是負責守護對方身後的搭檔。」

聽賈德說，他本來和迪一起當冒險者賺錢，冒險途中卻受了會留下後遺症的重傷，之後便退休改行當商人。

左眼的傷和左手小拇指缺了，就是因為這樣嗎？

「第一次來到這座城市時，我嚇了一跳。想不到會在這裡遇見你。」

「我也是啊。嘴笨的你竟然跑去服侍貴族出來買東西。」

賈德聽迪說明自己的處境，決定不顧自己會賠錢，便宜把東西賣給手頭並不寬裕的夥伴。

「原來您一直在默默幫助我們。」

「既然是照顧迪的人，這點小事不算什麼啦。好了，差不多該談生意囉。記得你們是要找交通工具對吧？」

「嗯。天狼星少爺和他的兩名隨從要往西，我和諾艾兒要往東。」

「你們不是一起行動喔？算了，我也沒打算問原因，往西和往東啊……」

不管要去哪個城市都得花上數天，不可能為我們特地準備馬車。本以為應該要在這裡停留一段時間，賈德看完手上的文件卻點點頭說：

「你們真幸運。其實今天我們預計要運商品到那幾座城市。迪和諾艾兒就坐我的馬車吧。可是老闆你們……」

「幫大忙了，不過比起我，還是以天狼星少爺為優先。沒有往艾琉席恩的馬車嗎？」

「艾琉席恩嗎？有是有……但上頭要載護衛和貨物，幾乎沒有空位給老闆他們坐。會很辛苦喔？」

「我沒關係。」

我本來就沒資格挑三揀四，光是能讓我們搭車就夠了。

儘管我回答得十分果斷，我終究是個小孩，因此賈德懷疑地看著我。

「放心吧，賈德。天狼星少爺沒問題的。我保證。」

「好吧，既然你都這麼說了。真的可以相信他吧？」

「等等我會好好告訴你天狼星少爺有多厲害。」

「少爺厲害到會讓你後悔應該再對他恭敬一些！」

「嘿，很敢說嘛。我會期待的。」

討論出一個結果後，我們離開食堂，前往賈爾岡商會。

賈德帶我們來到的店家前面，停著好幾輛大馬車，一名疑似員工的男人正在把貨物放到馬車上。

「喂——札克！」

男人聽見賈德的呼喚回過頭，他感覺像沒有傷痕的賈德再年輕一點，兩人站在一起倒有那麼點像兄弟。

賈德走近馬車，向叫作札克的男人說明狀況和介紹我們，過了一會兒，講完話的賈德帶著札克回來。

「老闆，向你介紹一下。這傢伙叫札克，算是我弟，負責送貨到老闆的目的地艾琉席恩。」

「俺叫札克。請多指教哩。」

他們真的很像。如果賈德三十歲，札克大概二十歲左右吧？他的講話語氣很特別，知道明顯會成為負擔的我們要搭便車，看著我們的眼神卻一點都沒有不耐煩。

「賈德，他沒問題嗎？」

「安啦。這傢伙去過好幾次艾琉席恩，這次還雇了冒險者公會的人當護衛。保證會是趟安全的旅程。」

「對啊！俺會好好保護老闆，放心交給俺就對哩。抵達艾琉席恩前請大家多多關照啦。」

札克帶著親切笑容將手伸向我，我也自我介紹了一下，握住他的手。

「我們才要請您多多關照。是說為何札克先生也叫我老闆？」

「大哥這樣叫，俺就跟著這樣叫哩。而且小氣巴拉的大哥寧願把貨物搬下來也要挪出空間給你們坐，一定是很重要的——」

「白痴！講那麼多幹麼！」

原來賈德剛才和札克解釋那麼久，就是在講這個。

他往札克頭上揍了一拳叫他閉嘴，但諾艾兒已經理解狀況，揚起嘴角。

「呵呵呵……你剛才講那種話，現在卻為天狼星少爺把貨物搬下來。真不坦率。」

「你還是老樣子。」

「吵死了！我是看老闆將來會變成大人物，先投資在他身上！再多嘴小心我不讓你們搭便車！」

賈德像要掩飾害羞般，開始把馬車上的東西搬下來。

「糟糕，俺也得幫忙才行。請你們先等一下。」

札克說要搬下來的貨物有一個木桶和一個木箱，不過還要調整所有貨物的位置，因此會花點時間。然而對我來說，這段時間正好可以拿來用。

之後大家將踏上不同的道路，這樣我們就能慢慢道別了。

札克離開後，諾艾兒將兩姊弟同時抱住。

「姊姊，謝謝妳至今以來的照顧。」

「妳在說什麼呀。我們又不是再也見不到面，別說這種話。」

「即使如此，我還是要向妳道謝。我會在天狼星少爺身旁輔佐他，姊姊也要好好扶持迪先生唷。」

「真是，比我小還這麼跩。」

諾艾兒嘴上這麼說，身體卻愛憐地抱緊姊弟倆，這時艾米莉亞張開嘴巴，輕輕咬住諾艾兒的肩膀。

「啊!?這難道是……」

「嗯。因為我最喜歡姊姊了。」

對銀狼族來說，咬肩膀是愛情的表示。

知道這點的諾艾兒高興地將艾米莉亞抱得更緊。

「喵呵呵……可以咬更用力一點唷？」

「那是天狼星少爺的特權。」

「哎呀呀，果然贏不了妳對少爺的愛。」

咬越用力代表對對方的愛情越深，如果現在的艾米莉亞咬我，大概會把我的肩膀咬下一塊肉。

「諾艾兒姊，我也要咬妳！」

「嗯、嗯……我很開心，可是雷雷要輕一點。我怕被你咬到流血。」

「我會控制力道啦！」

雷烏斯也抓住諾艾兒的肩膀咬下去，獸人們兩眼泛淚，臉上卻帶著笑容。

「艾米……雷雷，要連我的份一起照顧天狼星少爺唷。」

「那當然。」

「大哥和姊姊由我保護！」

「也要好好保護自己，我不希望你們受傷。」

「天狼星少爺優先。」

「我會保護大家！」

「……沒問題嗎？」

我也想問。

真希望他們重視自己一點，只能之後再慢慢改進了吧。

我在內心嘆息，這時迪慢慢走到我面前低下頭。

「天狼星少爺……」

「嗯，要分別一段時間了。」

「我很捨不得。還有……請收下這個。」

迪哀傷地垂下目光，然後馬上露出嚴肅神情，從懷裡拿出一個皮袋遞給我。

「……你什麼意思？」

「現在還來得及。我想把它還給您。」

迪拿著的袋子裡，裝滿稱得上一筆鉅額的金幣。

為什麼迪會有這麼多錢……事情要追溯到昨天晚上。

開完派對後，我和姊弟倆一起計算倒在桌上的金幣。順帶一提，家裡的錢本來都是媽媽管，現在則由我負責。

桌上這些是扣掉隨從們的錢後，我們家的總財產。

「總共七十三枚金幣和十枚銀幣嗎？我和你們的學費要用掉四十五枚金幣，剩下二十八枚左右……」

生活費只要一枚金幣就夠了吧。在我思考這些錢該用在哪裡時，諾艾兒和迪忽然愧疚地跑來找我。

「天狼星少爺。方便打擾一下嗎？」

「嗯？看你們表情這麼嚴肅，有什麼事嗎？」

「是。可不可以請您先收下這個？」

迪將一枚金幣交給我。對他們來說是筆大錢，並非可以隨手拿出的金額。

「……這是？」

「這是我們工作到現在，艾莉娜小姐給我們的薪水。」

「我們給您的餞別禮。」

即使只是近乎於零用錢的小錢，媽媽還是會發薪水給他們。她真的是個值得尊敬的人。

「……抱歉，我不能收。你們之後還會用到這些錢吧？」

「沒問題的，我們有把自己的份留下來！」

「少爺教了我們許多事，我們想向您表示謝意。雖然這點小錢根本稱不上回報，可以請您收下嗎？」

看到深深低下頭的兩人，我感到困擾。

兩姊弟暫且不提，諾艾兒和迪為我付出的感覺很強烈，所以有這份心意就足夠了……但他們八成不會接受。

「……好吧，我就心懷感激地收下囉。」

「謝謝您！」

拿人家錢還被人道謝，真奇怪。

「那接下來換我了。這是我給你們的餞別禮。」

「……咦？」

我把裝著二十枚金幣的袋子交給迪，他們瞪大眼睛，當場愣住。

「我之前和媽媽討論過，決定多的錢就給你們。」

「這、這麼多……」

「太、太多了！親愛的，快點還人家還人家！」

兩人急忙把錢還給我，但我堅持不收。

「迪，我相信你明白。你應該算過開餐廳需要多少錢吧？」

「這……」

除了當廚師，迪還有一個夢想，就是開一家自己的店。

然而，我不認為開店用的資金有那麼好賺。

雖然不知道他們現在有多少積蓄，即使他們之後要在諾艾兒的故鄉工作存錢，日常生活也會用到錢，不曉得幾年才存得到。所以我才要他們收下這些金幣。

「這也是你們工作這麼多年的薪水。別客氣，收下吧。」

「可、可是，這樣太多了！」

「對呀！艾米和雷雷也這麼覺得對吧？」

「如果是要給姊姊和迪先生，我認為沒問題。」

「我也是。迪哥做的菜能讓很多人吃到，我覺得很了不起。」

「唔！」

看到兩人天真的笑容，諾艾兒一句話都說不出來。

即使如此，兩人似乎仍在猶豫，所以我決定換個說法。

「等我畢業會去找你，到時再請我吃飯吧。」

「我本來就不打算收天狼星少爺的錢。」

「這樣的話……那個啦。我們再會時，讓我看看你們的小孩和你開的店。就我看來，這值得我付那些金幣。」

之後我花了好一段時間說服他們，他們才終於放棄推辭，哭著向我深深一鞠躬。

……這就是昨晚發生的事。

這件事應該已經告一段落，迪果然還在迷惘嗎？

「但我收下這麼多錢，也不知道能不能回應您的期待，不知道我能不能實現夢想……」

「這可是我們不需要而你們需要的東西喔？」

是嗎……你會擔心啊。

迪雖然當過冒險者，也有一定年紀，現在不僅要離開一直保護自己的家，未來還必須守護心愛的諾艾兒，而不是只顧自己就好。所以他才會如此不安。

同時，他也怕自己可能拿不出成果。

「迪……」

「所以請您——唔!?」

不好意思，我就省下溫柔安慰他的工夫了。

我往迪的肚子輕輕揍了一拳，在他嗆到身子前傾時抓住他的領口。

「您、您這是在!?」

「少這麼天真了，迪！你現在可是要保護諾艾兒的丈夫，總有一天還會當爸爸。別因為這種小事就手足無措！」

「!?」

「我知道你會擔心，可是你已經學會生存之術了吧。別害怕，帶著自信活下去。」

迪多少受過我的訓練，不可能輸給一般的盜賊，剩下就是心境上的問題。

「諾艾兒會補足你不足的部分。夫妻就是要互相扶持不是？」

「天狼星少爺說得對。我不是說過要和你一起努力，不要只是被保護嗎？比起這個，對不起……沒有發現你會不安。」

「不是的。純粹是因為……我太弱了。我再也不會讓妳看到這副德行。一起向前邁進吧，諾艾兒！」

「是！親愛的……」

於是，兩人進入不知道第幾次的兩人世界。

這樣他們應該就會收下這些錢，迪也不會再卻步了吧。

「原來如此……難怪迪這麼尊敬你。」

賈德在我們話說到一半時好像想來叫人，發現氣氛不方便插嘴，就一直待在旁邊。

他看我的眼神變了一些，笑著指向馬車。

「老闆，都搞定啦。隨時可以出發，你們準備好就叫札克一聲。」

「謝謝您。好了，兩位也該回到現實世界囉。」

「啊!?」

「非、非常抱歉！對不起，讓你久等了，賈德。」

「沒關係啦。不過你們想在路上恩愛麻煩趁我不在的時候喔。」

聽見賈德的調侃，諾艾兒和迪都羞得面紅耳赤。

過了一會兒，恢復冷靜的迪走到兩姊弟旁邊，蹲下來與他們視線齊平。

「艾米莉亞、雷烏斯，讓你們看見前輩的窩囊樣了。請你們原諒我。」

「迪先生一點都不窩囊。是我們尊敬的大前輩，也是我們的哥哥。」

「對啊！我們就是吃迪哥做的菜長大的。」

「謝謝你們。我想說的話諾艾兒都幫我說了，所以我只有一句話要說。天狼星少爺就……拜託你們了。」

「「是！」」

迪要說的好像就這樣。

兩人與獸人姊弟道別完，最後站在我面前深深低下頭。

「記得學校是要念五年才能畢業？在那之前先暫時分離了。」

「五年……好久唷。要不是因為您說想去上學，真想帶您回我的故鄉。」

「那樣也不壞。不過我沒地方可以住吧？」

「住我家就行啦。而且我覺得少爺您隨手就能蓋好自己的家。」

「喂，妳是叫我一輩子住在那裡嗎？總而言之，我一畢業就會馬上去找你們兩個。不對，到時應該是三個人了吧？」

「嘿、嘿嘿嘿……雖然好像有點急，我會加油的！然後，我有件事想麻煩天狼星少爺……等那孩子長大，可以讓他當您的隨從嗎？」

「……妳在說什麼啊？」

「我會把艾莉娜小姐傳授的技術統統教給他，敬請期待。還有如果是女孩子，收她當小妾也沒問題！」

「姊姊！妳怎麼可以擅自決定！」

失控的諾艾兒令艾米莉亞勃然大怒。幹得好艾米莉亞，再多罵她幾句。

就算妳是他母親，也不能為尚未出生的孩子決定未來。

「放心，最大的隨從當然是艾米囉。」

「……那就沒關係。」

喂……妳也太早讓步了吧？

見面第一天就報名當我戀人的妖精菲亞也是，為何這個世界的女性都如此強硬？

「給我聽好，絕對不可以強迫他喔！要讓小孩子自己做決定。」

「沒、沒問題的。我會多注意諾艾兒。」

「意思是洗腦或誘導就可以囉？」

「不可以！」

好累。再繼續講下去也沒完沒了，差不多該出發了。

我伸出手想在最後跟他們握手，諾艾兒卻沒有回握，而是把我摟進懷中，親了我額頭一下。

「願您的人生一帆風順。我們無論何時……都會為您祈求幸福。」

她緩緩放開我，淚流滿面，臉上卻帶著笑容。

真是……最後竟然來這招……

「我也是。要幸福喔……姊姊。」

「!?」

諾艾兒因為我第一次叫她姊姊哭出聲來，我將目光從她身上移開，緊緊握住迪伸過來的手。

「迪，加油啊！」

「是！」

道別完後，我們坐進馬車，通知札克。

「瞭解。那就出發哩。」

「嗯，要小心謹慎地把人家送到目的地喔。」

諾艾兒和迪的身影隨馬車前進逐漸遠去，我們不停揮手，直到完全看不見他們。

坐馬車到學校的所在地艾琉席恩，好像得花上四天。

我們在把土壤踩硬而形成的道路上前進，用路牌確認方向，看來幾乎不可能迷路。

「到了雪花之月，那棵樹會開出漂亮的花喔。還有那邊的樹葉子可以當成藥咧。」

現在我們脫下帽子，坐在馬伕座和駕駛馬車的札克閒聊。

「札克先生真清楚這些。我學到好多知識。」

「沒有啦，其實全都是跟大哥現學現賣的。大哥又強又聰明，是俺的目標。」

然而，閒聊內容大半都是札克在誇他的大哥賈德。不過聽起來挺有趣的，倒也沒什麼關係。

「札克哥哥，我懂！我也是以大哥為目標！」

札克是個好人，不會歧視獸人，看到銀狼族姊弟會直說他們的銀髮很漂亮，因此姊弟倆也對他沒什麼戒心的樣子。

尤其是雷烏斯，或許是因為都有個大哥吧，他和札克莫名合得來。從剛剛開始他們就在分享自己的大哥有多厲害，感情好得有如知己。

「哎呀，雷烏斯也和俺一樣啊。可是……真的沒問題嗎？」

「沒問題。這也是一種訓練。」

札克看著不坐馬車，一個人在外面跑的雷烏斯，露出苦笑。

「別擔心，對雷烏斯而言這是家常便飯。」

現在還在旅程途中，照理說應該要預留體力，以防萬一，不過馬車速度沒快到那個地步，又有冒險者擔任護衛，消耗一點體力也無妨。

而且我們以前做的訓練是在山路或森林內用更快的速度奔馳，對現在的雷烏斯來說，這只不過是暖身運動吧。

「這附近魔物很少，是無所謂啦。累的話要立刻跟俺說喔。」

「魔物嗎……」

「嗯，艾米莉亞甭擔心。就算魔物出現還有護衛在，俺也會使點劍，放心吧。」

「魔物很少卻請了護衛……意思是有盜賊嗎？」

我望向默默坐在馬車後面的兩名護衛，札克苦笑著壓低聲音說道：

「被你發現了。其實……俺聽說這附近最近有盜賊出沒。就是因為這樣才雇護衛。」

「他們是你認識的冒險者呀。」

上了馬車後那兩個人從來沒說過話，可疑至極。艾米莉亞大概也覺得奇怪吧，不太肯離開我身邊。

「他們是有名的盜賊殺手二人組，絕對是冒險者公會的冒險者。不只是俺，大哥也確認過，不會有問題。」

「那就好。」

我對冒險者公會還不是很瞭解。說不定這種情況才正常。

但我仍然有些在意，便聽從直覺發動「探查」……看來是中了。偵測到數個反應在接近馬車。

「札克哥哥！停下來！」

雷烏斯在外面用略慢於馬車的速度奔跑，大聲吶喊，舉起拳頭開始警戒周圍。你的直覺也變得挺敏銳的嘛。

札克被雷烏斯嚇了一跳，納悶地把韁繩往後拉，停下馬車。

「發生什麼事？」

「有好多人在朝這裡衝來！我有種不好的預感……」

「探查」偵測到的反應有八個，分成一半從前後夾擊馬車。這種時候應該分成兩隊迎擊……但狀況並不允許我們這麼做。

「難道是盜賊出來哩!?你們兩個去看一下——什麼!?」

「別動！不怕這個小鬼出事嗎？」

札克回頭一看，擔任護衛的兩名冒險者抓住艾米莉亞的脖子，拿刀抵著她。

「對、對不起，天狼星少爺……」

艾米莉亞手上拿著裝水的杯子，神情愧疚。

看來是在幫我和雷烏斯倒水時被抓去的。

「選在這個時機……你們果然……」

「你在碎碎念什麼？別以為小孩子就沒事，快把武器扔掉！」

「……好。我扔就是了。」

我一面卸除武器一面觀察情況，擒住艾米莉亞的手看起來沒有很用力，刀子也對著我們。他們看艾米莉亞是小孩就大意了。

在我旁邊的札克也扔掉自己的劍，因此冒險者們滿意地點點頭。

「看，這樣就行了吧？所以不要傷害那孩子！」

「那要看你們的態度。喂，你注意一下，免得外面那個小鬼過來！」

另一名冒險者跑去監視後方，導致雷烏斯不能發動奇襲。

由於現在要以艾米莉亞的安全為優先，我用「傳訊」命令進入備戰狀態的雷烏斯在外頭待機。

「冒險者幹這種事沒問題嗎？公會知道會把你們趕出去喔？」

「不可能。因為你們等等會遭到盜賊襲擊，再也回不去。」

如我所料，追過來的集團是盜賊團，這兩個人是他們的同夥。

他們說的沒錯，假如我們都死於盜賊手中，沒人能去通知公會，就不會有人知道他們的暴行。最後只要向公會報告因為敵方人多勢眾，他們只得逃跑，這樣就不會被懷疑了，頂多評價下滑。

「等一下，錢和貨物可以統統給你，別傷害孩子們！」

「我們都要用搶的了，跟你給不給有屁關係。這個小鬼拿去賣給人當奴隸應該也能賣到不錯的價錢，我怎麼可能放過她！」

「嗚!?」

艾米莉亞身體抖了一下，大概是聽見「奴隸」一詞，使她想起過去。她的心靈創傷果然不可能那麼快就痊癒。

既然如此，乾脆射傷那人的手臂……不，現在的艾米莉亞一定能……

「艾米莉亞，聽得見嗎？」

「是、是。」

「妳已經不是以前懦弱的妳。想想我們做過的訓練。」

「啊……」

艾米莉亞緩緩闔上眼，過沒多久就不再發抖。

「想起來了嗎？現在的妳隨手就能制伏那個男人，不用跟他客氣。」

「……是！」

「妳在說什麼——呃啊!?」

艾米莉亞在回答我的同時睜開眼，迅速蹲下來掙脫束縛，扭斷驚愕的冒險者的手臂，封住他的武器。

然而，艾米莉亞的行動尚未結束。

「只有天狼星少爺能碰我！」

她就這樣賞了那名冒險者一記過肩摔，還把正在警戒後方的另一人也扔出去，因此兩位冒險者都一起飛出馬車。

「怎、怎麼回事!?」

少女毫不費力把大人扔飛的畫面，令札克看得目瞪口呆。

我打算之後再和札克解釋，便先走到一臉滿足的艾米莉亞身邊摸摸她的頭，她搖著尾巴，展露燦爛笑容。

「天狼星少爺……我辦到了！」

「嗯，幹得好。妳已經不是等著被人抓去當奴隸的弱者。妳親自證明了這一點。」

「全是託天狼星少爺的福！」

「不，那都是多虧妳自己的努力。我只有提供一些援助。」

又克服一道心靈創傷的艾米莉亞，顯得十分耀眼。

其實我想再誇她幾句，但還有敵人要解決。

「能戰鬥了吧？一口氣清掉他們。」

「是的！我會和您一起戰鬥！」

我帶著身後的艾米莉亞，撿回脫下來的裝備後拍拍札克的肩膀，愣住的札克才終於回過神來。

「好、好厲害。俺從來沒看過那麼漂亮的過肩摔！」

「因為我受過天狼星少爺的訓練。比起這個，札克先生，去外面戰鬥吧。」

「戰鬥!?不是要快點逃嗎？」

札克會有這種反應也是理所當然，我們全是小孩子，趕快逃走才是正常的。然而……

「會輕易被艾米莉亞扔出去的人根本不是對手。我們幫忙開路，請札克先生趕快逃到城裡。」

本以為札克應該不會相信，他聽見我這麼說卻拿起劍，露出堅定神情。看來艾米莉亞漂亮的過肩摔推了他最後一把。

「大、大哥叫俺好好照顧老闆！所以既然老闆要戰鬥……俺也要跟著一起！」

札克果然是個重義氣的男人。我不討厭這種直性子的人。

而且我們才認識沒多久，他就對我們這麼親切，艾米莉亞被抓去當人質時，他也毫不猶豫丟掉武器。我認為札克是個值得信任的男人，所以決定要盡量保護他。

接著我們就跳下馬車，追向被丟出去的兩名冒險者。

「大哥，姊姊，你們沒事吧！」

「沒事。來，你的劍。」

一下馬車，雷烏斯就飛奔而來，我便把在城裡先幫他買好的劍交給他。

「欸大哥，剛剛飛過來的是那兩個護衛吧？他們是敵人嗎？」

至於那兩個被艾米莉亞扔飛的冒險者，他們在稍遠處踉蹌著站起來。

「沒錯。那兩個人是想把我們賣去當奴隸的白痴。不用客氣，把他們和等等過來的人一起解決掉。」

「把姊姊賣去當奴隸!?你們幾個……我絕不原諒！」

雷烏斯和艾米莉亞不同，比起害怕，更加強烈的是憤怒，大概是因為性格差異吧。

他氣得拿起劍，兩名冒險者也持劍回瞪雷烏斯。

「該死……現在是怎樣？」

「小心點，他們不是一般的小孩！先等其他人過來。」

可是艾米莉亞的過肩摔引起他們的警戒，兩人似乎選擇等待援軍，而非立刻進攻。不愧是冒險者，面對危機時的判斷力還算敏銳。

「得趁他們和盜賊會合前打倒他們。就由俺突擊──」

「不……來不及了。」

我們在馬車裡交談的期間，好像被敵人追上了。

我環視四周，從頭到腳都打扮得一副盜賊樣的男人們接連跳出來，將我們徹底包圍。疑似首領的男人踏出一步，不耐煩地望向冒險者。

「喂，怎麼回事？武器還在他們手上啊？」

「煩死了！看他們是小孩就大意，會吃苦頭喔。」

「哼，把自己的失誤推到小鬼身上，遜斃了。喂，你去處理那個小鬼。」

「好喔。」

一名盜賊接獲首領的命令，帶著輕浮笑容走向我們。

他站在雷烏斯面前瞪著他，雷烏斯卻一點都不怕，反而冷冷回望。

「快點把武器丟掉。否則有你好受的喔？」

「欸……你們是盜賊嗎？」

「對啊，我們是盜賊。可怕的惡魔之牙就是在指——」

「那就是我的敵人！」

「你說什——嗚噗!?」

下一瞬間，雷烏斯的拳頭陷進盜賊臉中，那人還沒理解狀況就飛了出去，掉到首領腳邊失去意識。

在盜賊們因雷烏斯的一擊目瞪口呆時，我已經掌握狀況。

除去眼前的兩名冒險者和雷烏斯打倒的盜賊，前方有三個敵人，後面三個……還有一個在不遠處的樹上拿著弓箭。

「雷烏斯直接突擊！艾米莉亞對付後面的敵人！」

「「是！」」

我撿起腳邊的石頭，在扔出去的瞬間發號施令。

「戰鬥開始！」

我扔出去的石頭砸中拿弓箭的盜賊時，雷烏斯迅速逼近附近的敵人。

「什麼!?好快……」

「是你太慢了！」

開始學習剛破一刀流後，雷烏斯和我跟萊奧爾交手過無數次。雖然他還小，卻已經擁有不輸給大人的技術與力量，路邊的盜賊不可能敵得過他。

再加上他和萊奧爾爺爺打過好幾場賭上性命的實戰，對於砍人也不會有半分躊躇。說起來，雷烏斯本來就不會放過盯上家人的敵人。

他轉眼間就跑到盜賊面前，一口氣砍斷兩名盜賊的手，然後趁勢衝到首領前方，揮下手中的劍。

「這、這傢伙!?」

「看招——！」

盜賊首領大吃一驚，拿起大劍抵擋，雙方的劍發出尖銳聲響，應聲而斷。

「可惡！我還不夠強嗎！」

雷烏斯用的劍是便宜貨，對方的大劍則是劍身厚實的好東西。

我覺得這樣子的結果已經足夠，不過換成萊奧爾爺爺，肯定只有對方的劍會斷，沒辦法達到這個境界的雷烏斯發自內心感到不甘，向後退去。

「所以我不是叫你不要大意嗎！喂，我們來壓制住這個小鬼，你去搞定那個黑頭髮的！」

「那傢伙是他們的頭頭。只要把他抓來當人質，其他小鬼應該就會停手。」

「不准動大哥！該死，少礙事！」

雷烏斯退到的位置有兩名冒險者，前後夾擊封住他的行動。

這段期間，首領拿著備用的劍朝我逼近，札克卻擋在我面前保護我。

「俺、俺不會讓你動這孩子！」

「小商人給我滾！」

仔細一看，札克的腳抖個不停，實力又明顯是對方較強，講白了點，他這樣叫有勇無謀。

但看到他展現的勇氣與氣魄，我很高興。

「別以為商人就不能戰鬥！」

「就跟你說你贏不了——噗喔!?」

因此，我決定在札克受傷前解決對手。

具體來說就是用「魔力線」纏上步步逼近的盜賊首領的腳，用力一拉把他絆倒。

「……咦？」

我把舉著劍愣在原地的札克晾在一旁，用劍敲暈跌在我腳邊的首領。順便對手臂被砍斷、正痛得哀號的盜賊們臉上使用「衝擊」，讓他們昏過去。

「喝啊啊啊啊啊啊——！」

我因雷烏斯的吶喊聲回過頭，他捨棄斷掉的劍，換成以拳頭應戰，上勾拳命中冒險者的下巴。

力道強到把人打飛到天上的一拳將對手徹底擊暈，另一個人已經癱在地上一動也不動。勝負抵定，如果現場有鑼應該會敲得很大聲吧。

「呼……花了點時間。沒事吧大哥？札克哥哥？」

「嗯，沒事。」

「嗯、嗯嗯。俺沒事！」

「太好了。唉……還是想要一把更好的劍。」

雷烏斯變強了，不使用符合實力的劍，就無法充分發揮他的力量。

打倒寶石龜時我也答應過他，抵達艾琉席恩後，得幫他找一把適合的劍才行。

「得、得救哩……不對，還沒！艾米莉亞沒問題嗎!?」

「噢，艾米莉亞的話……看來快結束了。」

札克才剛鬆一口氣就又慌張起來，不過往剩下的盜賊一看……映入眼簾的是戰鬥的模樣宛如在跳著華麗舞步的艾米莉亞。

「這、這小鬼是怎樣!?」

「明明看得見……混帳東西！究竟是——呃啊!?」

「別過來——啊！」

用攻擊魔法應該會比較省時間，艾米莉亞卻刻意用小刀戰鬥，以練習對人戰。受過訓練的反射神經及速度，再用魔法製造出順風吹在自己背上，使速度加快，艾米莉亞如一陣狂風般穿梭自如，將盜賊們玩弄於股掌之間。

陽光照在艾米莉亞的銀髮上，每當她的小刀在空中劃出銀色軌跡，盜賊身上都會多出一道傷痕。

確認盜賊身上被刻下無數傷痕，失去戰意後，艾米莉亞停下腳步，拿刀指向他們。

「請你們丟掉武器，乖乖投降。否則接下來就是……」

「可……可惡！」

盜賊們被怎麼看都是個小孩的艾米莉亞擊敗，帶著複雜的心情扔掉武器。我不是不能理解他們的心情，但這就是現實，除了接受別無他法。

最後艾米莉亞用魔法轟暈他們，確定他們失去戰鬥能力才回來。

嗯……看來寶石龜那次讓她學到教訓了。因此我摸摸她的頭，艾米莉亞尾巴就開始狂搖。

「結束了，天狼星少爺！」

「好好好，做得很棒。來把他們綁起來放在一起吧。」

「好！札克哥哥，有沒有繩子？」

「馬、馬車裡面有……」

札克因這意想不到的結果再次傻眼，我們放著他不管，分頭把盜賊們五花大綁。

我們幫盜賊們做了簡單的應急處置，綁起來放到同一個地方，這時札克好像想到什麼該做的事。他放出傳信用的鳥，向賈爾岡商會報告現狀，然後叫了城內的警備隊過來。

「警備隊應該半天左右就會到。對了老闆，你們打算怎麼處置這些傢伙？」

「等城裡的警衛來把他們交出去囉，請問怎麼了嗎？」

「其實俺有事想問他們，可以嗎？」

他好像想到什麼，我便點頭答應，讓札克自由審問他們。

「喂，你們是最近在這附近肆虐的盜賊對吧？」

「是又怎樣？」

「把你們組織的規模和據點統統招了。都是因為你們，害大家不好做生意。」

「喔……不知道。」

「那這樣如何？」

札克把劍抵在首領的喉嚨上威脅他，對方卻只是笑著說：

「哈哈哈！諒你沒種。我死了你就什麼情報都得不到。還有，區區商人就別幹自己不習慣的事啦。你手都在抖耶？」

「唔……」

看來是說中了，札克氣憤地收起劍，瞪向兩名冒險者。

「和盜賊聯手，還抓小孩子當人質，你們就不覺得丟臉嗎？別的冒險者聽到都不知道要做何反應。」

「被小孩子救的商人有資格說我們嗎？」

「被小孩子扔出去綁起來的人又有資格說人嗎？你們幾個不惜與公會為敵，到底有什麼目的？」

「吵死了！落魄冒險者創的商會是在跩什麼啦！」

「你說什麼！不准侮辱大哥！」

「好了，暫停一下。」

由於他們開始吵架，我強制插嘴制止他們。

為了重整態勢，我先把札克拉走。冷靜下來後，他難為情地搔著頭。

「抱歉，老闆。大哥被人講成那樣，俺受不了。」

「我明白札克哥哥的心情！」

「您畢竟是從商的，再冷靜一點吧。不過為什麼您想從他們口中套出情報？」

交給專業的不就得了，沒必要由札克這個商人審問他們。

札克雖然有點猶豫，還是把原因告訴了我。

「……其實最近，這附近被盜賊盯上的都是商人。」

「不是因為商人比較有錢嗎？」

「是這樣沒錯，但有點不自然。都請了護衛還是照樣襲擊，這次甚至與冒險者聯手。大哥覺得一定有內幕，所以俺才想看看能不能問出什麼……」

可是他不擅長這種事，什麼情報都沒問出來……

說實話，我們只要到得了艾琉席恩即可，不需要管札克他們的事。但他們特地把貨物搬下來讓我們搭便車，對我們有恩。

而且這傢伙偷襲我們，還放話說要把我們賣去當奴隸。就幫他一把，順便報復他們吧。

「欸，札克先生。可以讓我來審問他們嗎？」

「咦？那些人是老闆你們抓住的，俺沒資格決定……」

「那請您到後面一下。」

我站到被綁住的那些人面前，盜賊首領一臉厭惡朝我瞪過來。

「嘖，養怪物的小鬼有什麼事？」

「怪物嗎……」

這話真令人不爽，不過我先碰觸首領的手臂，注入魔力。

「……好，完成。」

「還在那邊悠閒地玩遊戲。我總有一天會讓你後悔。」

「要後悔的人是你。還有，剛才那不是遊戲。這是……詛咒。」

「詛咒？這個小鬼在說什麼啊？」

盜賊首領不悅地皺起眉頭，我理都不理他，用手指掐住那隻注入魔力的手臂。然後逐漸加強力道，像要把肉扯下來般用力抓下去，他的臉色就慢慢刷白。

「什、什麼……怎、怎麼回事!?」

接著我拿盜賊用的小刀輕輕刺進剛才抓傷的部位，慢慢移動，割開傷口。雖然有流血，這種程度只不過是輕傷，盜賊首領卻開始發抖，露出難以置信的表情。

「喂、喂，你怎麼了？這點小傷幹麼那麼怕！」

「不、不是啦！不會痛！流了這麼多血……卻一點都不痛！」

「我不是說了嗎？這是詛咒。」

我用再生能力活性化幫他止血，面帶微笑盯著首領的雙眼。映在眼裡的是困惑……以及些許的恐懼。

面對這不可能發生的現象，我的笑容在他眼中八成顯得很噁心。

「我的興趣是研究詛咒。我對你施的詛咒啊，別說痛覺了，連被人碰到都不會有感覺。」

「你、你在說什麼？」

「對我說謊、不老實回答我的問題，詛咒就會越來越強。最後……會擴及全身。」

「嘿、嘿嘿……既然不會痛，拷問我也沒意義了……哈哈哈。」

「你不懂嗎？沒感覺就代表吃什麼東西都沒味道喔？抱女人的時候當然也不會有任何感覺。」

這個事實令盜賊首領再也無法故作堅強。他抖得越來越厲害，大概是想像了一下那個情境吧。

所謂的詛咒其實是再生能力活性化的應用，用魔力過度刺激細胞，藉此暫時麻痺痛覺。也就是說，麻痺半天就會消退。

然而這傢伙並不知情，對他來說，現在的狀況只有恐怖可以形容。

「老、老闆！會不會太過分了點……」

……做得太過頭，連札克都嚇到了。

不過艾米莉亞附在他耳邊跟他解釋，我便笑著繼續逼問他。

「等詛咒擴散到全身就不可能解除囉。好了，我可以提問了嗎？」

「我、我什麼都願意說！」

人類三大欲望之二的食欲和性欲被控制住，再怎麼樣都會乖乖聽話吧。

之後，我成功從口風變鬆的首領口中問出各種情報。

不可差別待遇……所以不只是盜賊，我對冒險者們也做了同樣的事，得知他們與盜賊聯手的原因。

「果然是這樣。俺就想說他們總有一天會幹這種事，竟然做到這個地步！」

看來是某家嫉妒賈爾岡商會規模越來越大的商會，叫那些盜賊襲擊商人。

他們和盜賊勾結，企圖搞垮事業蒸蒸日上的賈爾岡商會，把送貨路線告訴盜賊，想害賈爾岡商會不能送貨。還襲擊無關的商人當障眼法，以免被人查出是誰在幕後操弄。

　這兩個人是真正的冒險者沒錯，由於最近接到的任務都無法順利達成，他們嫌錢賺得不夠。這時那家商會提議與他們聯手，這兩個人便答應以巨額報酬為代價，和盜賊合作。

「欸、欸……可以了吧？我全都招了，快點幫我解開這個詛咒！」

「是可以，但在此之前，我想讓你們看看這個。」

我把盜賊們的注意力集中在自己身上，撿起腳邊的石頭，用「增幅」強化握力將其一把捏碎。再在手心釋放小型「衝擊」，讓幾乎整顆碎成粉末的石子隨風飄散，笑著說：

「這才叫真正的怪物。要是你們敢再叫那兩人怪物侮辱他們……腦袋就會變成那樣囉？」

「怪物」是對明顯身在不同次元的人說的，不是打輸了才搬出來的藉口。兩姊弟是靠自己的努力變強。我絕不允許別人叫他們怪物。

「聽見沒！」

「「「「聽見了！」」」」

最後釋放出魄力十足的殺氣收尾。

被綁起來的那群人直接承受想不到是小孩子釋放出的殺氣，各個臉色發青，點頭如搗蒜。

然後我遵照約定，碰觸他們的手臂……裝出解除詛咒的樣子。

其實我只是用「光明」讓手發光，營造出那種感覺，男人們看到卻鬆了一口氣。可惜現在放心還太早了。

「順帶一提，這個狀態會持續半天。還有詛咒不會完全消失，所以別想著要報仇。就算詛咒復發我也不管喔。」

聽到我這麼說，所有人表情都僵住了，但我想表達的是，只要別再跟我們扯上關係就不會有事。我這麼一威脅，這些人就不會想要報復了吧，雖然他們之後統統得去坐牢。

然後，在等城裡的警備隊來把人帶走的期間，札克頻頻向我們道歉。

「真的很對不起！還有託老闆你們的福，不只是俺，賈爾岡商會也得救了！謝謝你們！」

「彼此彼此啦，一切都是順其自然，我們也是勉強您讓我們搭車。」

沒有費多少工夫，艾米莉亞也克服心靈創傷了。反而是我要道謝吧。

「本來這種事收報酬都不奇怪，你卻說彼此彼此……我迷上你的氣概啦。從今以後請讓我在真正的意義上叫你老闆！」

「真正的老闆」是什麼東西？雖然搞不太懂，札克好像把我當一個男人看待了，之後就不需要用敬語了吧。

「那我就不用敬語對你說話囉？」

「嗯，請多多關照！對了，之後要怎麼辦？把這些人交出去再出發的話，天也差不多快黑了，和警備隊一起回城是不是比較好？」

「不用吧？」

「俺是沒關係，但俺想盡量避免讓你們在外頭過夜……」

「我們完全不在意，反而還滿擅長露宿郊外的。而且既然要送貨，快點抵達總是比較好吧？」

在外露宿的次數當然是越少越好，不過我們以前也在山上露宿過好幾次，順便當成訓練。

何況這些傢伙害我們的時間白白浪費掉，就算只有一點也好，應該選擇前進。

「我和雷烏斯也習慣了，就照天狼星少爺說的，繼續前進吧。」

「老闆……抱歉。那就不回城哩。」

雖然耗掉不少時間，少了兩個冒險者，馬車的速度應該也會變快。

過了一會兒，城裡的警備隊過來帶走盜賊和冒險者，我們和一同前來的賈爾岡商會的員工說明完狀況，按照計畫朝艾琉席恩出發。

之後馬車順利前進，盜賊和魔物都沒遇到，可是天很快就黑了，我們便在附近有河的地方開始準備露宿。

「俺在外面守夜和顧火，大家就到馬車裡面睡吧。」

「等等。應該所有人輪流守夜。」

「不，我們幾個就夠了。天狼星少爺請休息。」

「不行。要一視同仁，除非有意外事件。這也是種經驗。」

「既然您都這麼說了。不過您的時間要比較短唷？」

「……老闆真的是小孩子嗎？」

「因為大哥是大哥嘛！」

儘管起了些爭執，守夜順序也決定好了，之後要準備晚餐。

在這個世界，露宿吃的食物基本上以保存期限長的乾麵包、乾肉和用鹽調味的湯為主。總之就是加工食品的技術還挺落後的。

除此之外也可以直接在露宿地點附近找食材，但需要能與魔物戰鬥的實力，以及分辨有毒食材的知識，一般人是做不到的。只不過我們以前住的房子四周都是山和森林，早就習慣做這種事。

「那艾米莉亞去採野草和野菜，雷烏斯隨便抓幾隻動物回來。」

「瞭解。」

「大哥，我出發了！」

我向姊弟倆下達指示，把鍋子放到篝火上燒水，札克拿著麵包和乾肉，站在旁邊愣愣看著我。

「俺幫你們也準備了一份……看來不需要了。」

「嗯？噢，抱歉。應該先跟你說我們自己準備就行。」

「仔細想想，你們能現場找食材也不奇怪。那俺就快點吃一吃，先去休息哩。」

札克點點頭，準備吃他的麵包，我下意識問他：

「既然都要填飽肚子，不會想吃點溫暖的食物嗎？可以幫你做一份。」

「不、不用不用！老闆已經救了俺的性命和商品，再吃你煮的飯，俺該怎麼報答這份恩情！」

「別在意。而且等等要煮的是用我們做的加工食品煮的試作品，我想請你試吃一下，告訴我感想和意見。」

「試作品嗎……如果是老闆煮的，俺挺有興趣的，不介意的話請讓俺也嘗一口！」

札克收起麵包坐到我對面，我從放行李的袋子裡拿出一個容器，裡面裝的是類似黏土的茶色物體。

我用湯匙挖出在家裡做的那東西，放入沸騰的熱水使其溶化，撲鼻香味便開始充斥四周。

「喔、喔喔……什麼味道這麼香！是老闆剛才放進去的那個嗎？」

「這是把各種香料混在一起做成的。裡面還加入可以代替防腐劑的香料，所以能放很久。」

看起來像我上輩子的味噌，但味道完全不一樣，是我用這個世界的材料做成的湯塊。札克好奇地探頭盯著它。

「就是這個嗎？俺嘗嘗看味道……呃，好辣！」

「它是用來和水一起煮的，直接吃當然會辣。」

順帶一提，雷烏斯以前也幹過同樣的事。這兩個人真的很像。

「天狼星少爺，我回來了。」

「大哥，我抓到鳥啦！」

這時姊弟倆回來了，拿出各自的收穫。

艾米莉亞採到可以拿來除臭的藥草、香菇及能吃的野草。

雷烏斯抓了隻中型鳥。

「是波朗鳥耶。這種鳥戒心很強，看到人就會跑，虧你抓得到牠。」

「牠跑了好幾次，不過我悄悄接近牠，『咻咻！』跳出來一刀砍了牠。」

「雖然俺有點一頭霧水，總之你很厲害就對了！」

札克這樣才是對的，因為雷烏斯都是憑感覺行動，很難叫他解釋得詳細一點。

我們先處理好鳥肉，把要吃的部分灑上鹽和除臭用的藥草拿去烤，剩下的埋起來。接著將切好的香菇和野草丟進湯裡，最後加入乾燥麵，完成。這個乾燥麵是我參考前世的泡麵做的，和保存用的硬麵包比起來美味許多。

看到我煮好的菜，札克目瞪口呆吞著口水。

「大功告成。別客氣，盡量吃。」

他一把艾米莉亞幫他盛的湯麵送入口中就開始猛吃，彷彿打開了什麼開關。札克用的是叉子，所以吃麵不太方便，但他看起來一點都不在乎。

接著他將手伸向烤鳥，這道菜的調味他也很滿意。

「哎呀……沒想到露宿時可以吃到這麼好吃的東西。比城裡的廉價食堂還要美味。」

「你喜歡就好。現在迪他們應該也在喝這個湯吧。」

「那大哥絕對會超級興奮。尤其是這個湯塊和那個叫『乾燥麵』的東西，是加工食品的革命啊！可以讓賈爾岡商會賣賣看嗎？」

「是叫我教你們做法？我是無所謂，不過請你們先徵求迪的同意。」

「天狼星大人，反過來了。」

「對啊大哥，迪哥絕對會說要問你的意見。」

事實上，這東西是在迪的幫助下完成的，不過迪確實有可能這麼說。

我個人希望它是做為迪開發的食品名聞遐邇，看來不能如願了。雖然我們現在不需要那麼多錢……還是提出一個條件看看吧。

「只要你們把賺到的錢分一部分給我，我是可以告訴你做法。」

「一部分嗎……？」

「畢竟沒人知道它的銷量會如何，想要大量生產也得和賈德商量吧？到時你們再自己決定就行。」

「不不不!?難得有賺大錢的好機會，老闆這樣未免太隨便哩！」

「目前我只要生活過得下去就夠囉。」

儘管我們才剛認識，我認為和那個迪有長年交情的賈德，以及想要從盜賊手下救出我的札克是值得信賴的人。

而且我還沒出生的時候，他們就在便宜賣家裡的消耗品給迪。只要能賺夠生活費，分給我們的錢少一點也無所謂。

「比起這個，我有件事想拜託你。今天你看到我們的實力，希望你不要告訴別人。」

「說得也是。要是被人知道有你們這麼強的小孩，八成會被難纏的人盯上，或是有貴族來拉攏，盡是些麻煩事。」

不愧是從商的。看來他知道我在擔心什麼。

「所以俺不會說的。何況大家是俺的恩人。不管那些貴族怎麼說，俺都會站在老闆這邊！」

「謝啦。」

「可是，就算老闆你們遮遮掩掩的，感覺還是會引人注目耶。」

「正是如此。天狼星少爺的才能，想必立刻就會傳遍世界。」

「因為大哥是我們的大哥嘛！」

姊弟倆在旁邊得意洋洋，彷彿被誇的人是自己，札克也深有同感地點點頭。

「一想到這點就覺得俺運氣真好，認識了老闆。賈爾岡商會在艾琉席恩也有分店，希望老闆多多關照。」

「嗯，安頓下來後我應該會訂很多東西，我才要請你多加照顧。」

住家裡時都是由迪向賈爾岡商會買各式各樣的調味料及食材，現在我能直接下訂了。

這樣就算搬到艾琉席恩住，能做的料理種類也不會變少。

「交給俺吧！以後也請您多多指教！」

之後的旅程一帆風順。

儘管哥布林那種弱小魔物有跑來偷襲幾次，全都由獸人姊弟毫不費力地解決了，盜賊也沒有再出現過。

我們之中唯一的大人札克，每次見識到他們的本事都會嘆氣。

「和你們待在一起，會覺得自己很沒用。」

「你不是商人嗎？把我們當成護衛就行。」

我安慰札克。

在外露宿幾天後……我們終於抵達目的地。

「老闆，看見艾琉席恩哩。」

「喔喔!?好大！」

「好大的城牆。」

被保護城市的巨大白色城牆包圍的這座城市，是梅里菲斯特大陸的主要都市之一——艾琉席恩。

這一帶氣候穩定，季節更迭造成的氣溫變化也不是很顯著。外加常會有人去驅逐艾琉席恩附近的凶暴魔物，是塊適合居住的豐饒大地。

接著該注意的是比城牆還高的艾琉席恩城。

治理國家的國王就住在那裡，用高明的手段為城市維持和平。不遵循民意的暴政也很少，人民在城牆內過著充實的生活。

艾琉席恩最大的特徵，其實不是艾琉席恩城。

而是這塊大陸唯一的設施——我們預計就讀的魔法學校。

由於高額的學費與嚴格的入學考，想要入學並不簡單，光是當上這所學校的學生就能提升不少地位。

至於我最關心的獸人待遇，國王有下令不准歧視獸人，所以好像沒有什麼明顯的問題。話雖如此，這裡的居民仍然以人類居多，獸人大概占三成左右。

「他們兩個在城裡的時候最好小心貴族喔，因為裡面有些貴族深信人族才是最高貴的。」

「嗯，感謝忠告。話說回來……隊伍前進得好慢啊。」

我們現在在城牆上的大門前排隊。

只能從這個門進城，門旁理所當然站著艾琉席恩的門衛。

等到門衛調查完身分和確認有沒有可疑人士，才終於可以通行。

若能像賈爾岡商會的商人一樣有辦法證明自己的身分，一下就能進城，沒有的話門衛會問幾個問題，因此得耗上不少時間。

我邊和札克聊天邊等隊伍輪到我們，可是前面的人好像很可疑，正在接受審問，我們已經等了將近三十分鐘。

「偶爾會這樣。比起這個，俺剛才也說過，艾米莉亞和雷烏斯要特別小心喔。」

「明白。那麼天狼星少爺，可以為我戴上項圈嗎？」

「……為什麼？」

坐在我旁邊搖尾巴的艾米莉亞露出滿面笑容，似乎不是在跟我開玩笑。

「為了讓其他人一眼就看得出我是天狼星少爺的東西。」

「等一下。妳又想當奴隸嗎？」

「如果是當天狼星少爺的奴隸，我不介意。」

「……駁回。妳喜歡，我可不要。」

「知道了……」

她真的很沮喪。

為何我有種做錯事的感覺？

「嗯……俺倒覺得這主意不壞耶？」

「喂，怎麼連你都講這種話？」

「因為連俺都覺得艾米莉亞很可愛啊。這麼可愛的女孩，有些貴族想要就會把她綁走。做個她已經有主人的記號，可能可以預防這種事發生。」

果然人一多黑暗面就多。

儘管我不認為現在的艾米莉亞會輕易被人抓走，入學後也得多加注意才行。

「我不是不能理解，但項圈就是不行。」

「好吧，既然您都這麼說了。不過，我相信您總有一天會為我戴上項圈。」

「唉……我考慮看看。雷烏斯，你也要小心喔？」

我將視線從兩眼發光的艾米莉亞身上移開，對在馬車旁邊鍛鍊肌肉的雷烏斯說。然而……

「知道了大哥！發生什麼事就全力砍下去對吧！」

「看得出來你聽不太懂。」

在我告訴雷烏斯不是什麼問題都能用劍解決的期間，總算輪到我們接受審查。

我們無法證明身分，但透過札克的交涉，入城審查一下就結束了。

「謝謝你還為我們作證。」

「別客氣，你們不僅幫俺趕走盜賊，還提供新商品給賈爾岡商會賣，這點小事根本不算什麼。是說老闆，你們之後打算怎麼辦？」

「我記得過幾天才是學校的入學考，所以得先找地方住才行。」

「那要不要去俺常住的旅館？俺每次到這都是去那家旅館住，是值得信賴的人。而且旅費也很便宜，飯還很好吃，強力推薦喔。」

「我們畢竟是第一次來……就住那裡吧。」

都已經傍晚了，札克卻在送貨前先帶我們到旅館。

「這間旅館叫『春風停歇之樹』。俺去和老闆娘交代幾句。」

札克介紹的旅館是棟兩層樓的木造建築，比我們以前住的房子還要大好幾倍。

我站在門口往櫃檯旁邊看過去，旁邊好像是食堂。看得見疑似房客的人們在用餐，不過食堂還兼酒館，因此也有喝得爛醉的人。

一樓一半是食堂和經營者住的地方，剩下一半和二樓應該是主要供人住的房間。不曉得是不是因為前世的影響，我反射性在腦內掌握設施構造和畫出逃生路線，這時札克搖了搖櫃檯桌上的鈴。

「來了來了。哎呀，這不是札克嗎？」

「晚安，老闆娘。這次也麻煩妳照顧啦。」

一名體態有點豐腴的人類女性從裡面走出。年紀約四十歲，對我們露出有如母親的溫柔笑容。

「一樣那間房對吧。噢，有沒見過的孩子。是你的小孩嗎？」

「俺還沒結婚哩。這些人是和俺一起來的，俺想把這間旅館介紹給他們。」

「哎呀，謝謝你。那麼這幾位可愛的客人有什麼需求？」

「我想要兩間房——」

「麻煩一間三人房！」

由於艾米莉亞長大了，我想男女分開睡會比較好，她卻站出來大叫。是說，不要不惜打斷主人的話好嗎？

「意思是妳想三個人睡同一間囉。只有小妹妹妳是女孩子，沒問題嗎？」

「是的，這位是我的弟弟，天狼星少爺是我的主人，沒有問題。」

「我也無所謂！」

「那就把你們安排到裡面的大房間吧。」

房間決定了是很好，為何我有種無法釋然的感覺？

「札克就跟以前一樣，你們要住幾天？」

「這個嘛。之後有入學考，離搬進學校宿舍為止……」

「我聽姊姊提過，好像還得花上幾天唷。」

「俺也是這麼聽說的。老闆娘，總之先住五天好了，這樣多少？」

「五天大房附三餐……兩枚銀幣。」

我不是很清楚行情，但考慮到有附三餐，應該算便宜的吧。在我心想「還要住的話延長就好」，準備拿出銀幣前，札克先幫我付了。

「這是俺跟老闆他們的份。」

「哎唷？斤斤計較的你竟然請客，真難得。發生什麼事啦？」

「別看他們年紀小，其實大家是很厲害的人，來這裡的路上幫了俺很多忙。」

「難道是貴族!?非、非常抱歉！」

以為我們是貴族的老闆娘笑容瞬間消失，急忙低下頭。看她反應這麼大，可以想見惹貴族不高興會有多麼麻煩。

「那個，我們是平民，不是貴族，您不需要這麼恭敬。」
「對啊老闆娘。老闆不是貴族，不過他身上潛藏的可能性比貴族還要厲害喔。未來他會是賈爾岡商會的大客戶，所以俺回去後也拜託妳照顧老闆了。」
「這、這樣呀？呼……嚇死我。總之你們既然是客人，我就會誠心誠意招待你們，儘管放心吧。」
老闆娘鬆了口氣，拿出房客名簿後向我們一鞠躬。雖然不及媽媽，這個禮行得相當漂亮。可是在登記前，我要先還札克錢。
「札克，讓你連住宿費都幫我付太不好意思了，還你兩枚銀幣。」
「老闆娘，看到沒？年紀輕輕就這麼成熟。讓俺幫忙付了吧。」
「可是……」
「方便讓我說句話嗎？」
老闆娘笑著介入把銀幣推來推去的我和札克之間。
「你就賞個臉唄。這孩子也是商人，該講的道理不講他是不會接受的。」
「老闆娘說得對。俺明天就要回去，讓俺表示一點心意嘛！」
他都說到這個地步了，我也不方便再講什麼。
既然這是「該講的道理」那也沒辦法，就接受札克的好意吧。
不過老闆娘還真會勸架。不愧是會遇到各種人的旅館老闆。

「……好吧，我就心懷感激地收下囉。」
「謝謝老闆。那老闆娘，之後就拜託妳哩。俺送完貨再來。」
「好，路上小心。那麼三位客人，請在這裡寫上名字。」
我們目送前去送貨的札克離開，在名簿上寫下名字。上頭還有以前住過的房客的名字，為什麼一堆類似的筆跡？
「天狼星、艾米莉亞、雷烏斯三人對吧。你們不僅會寫字，還寫得很漂亮呢。不會寫字的人挺多的，所以常常由我代筆。」
「難怪那麼多一樣的筆跡。」
「那我帶你們去房間，晚餐有什麼打算嗎？食堂已經開了，隨時可以用餐唷。」
食堂會在固定時間開門，房客只要拿老闆娘給的牌子出來就能免費吃一餐。量不夠可以貼錢加飯。
只要事前申請，好像還能把三明治等料理帶回房間。
「晚餐啊。我是想和幫了我們大忙的札克一起吃，不知道他什麼時候會回來。」
「札克馬上就會回來。店離這裡很近，只要確認商品交給人家就好。不然等他回來，我叫他去房間找你們？」
「那就麻煩您了。」
之後老闆娘帶我們去的房間似乎是四人房，床有四張。

除此之外還有用水魔法陣沖水的沖水式馬桶，房間也打掃得很仔細，是間非常乾淨的旅館。

不過遺憾的是，沒有浴室。

浴室的維護費用高，只有更高級的旅館或貴族家會有。順帶一提，以前住在家裡時，我自己做了類似油桶的容器泡澡。

平常都是用熱水和毛巾擦身體，可是附近有類似澡堂的店，雖然有點貴，想泡澡的時候去那裡即可。其實這個世界光是城裡有公共浴場就很了不起的樣子。不愧是梅里菲斯特大陸最大的主要都市。

老闆娘向我們說明完，離開房間後，我們放下行李喘了口氣。

旅途期間要警戒敵人，不能好好休息，在城裡又有床果然比較能放鬆。

「在札克回來前提醒你們一下。入學考內容都有記熟吧？」

「老師們的面試和實技測驗對吧？」

「沒錯。考試時最重要的就是不可以被人知道你們不用詠唱咒文。什麼都可以，在念出魔法名之前要講點東西喔。」

這個年紀就學會無詠唱施法八成會被問東問西，這樣太麻煩了。

對已經認定「魔法就是這樣」的人解釋「重要的是要在腦內想像」，他們也不一定會接受。時代會跟不上突如其來的變化，所以我們幾個會無詠唱就夠了吧。

總之考試時只要隨便念點什麼再發動魔法，應該就會被人以為是詠唱時間短。

「我都在練劍，不是很擅長魔法的說。」

「別擔心雷烏斯。考試只是要看你會不會用魔法，所以初級魔法好像也可以。乾脆讓他們看看那招好了。」

「嗯，不用客氣。雖然不知道會在什麼樣的狀況下考試，儘管展現你的實力給校方看。」

「知道了！我要讓他們見識大哥教我的魔法！」

無屬性的我無法使用那個魔法，所以我只教了雷烏斯概念，最後他成功學會了。雷烏斯說是我的功勞，不過他之所以學會那個魔法，是拜他自己的實力與努力所賜。

「我比較擔心面試。不知道你的語氣會不會有影響……」

「唔，確實如此。你的敬語沒問題嗎？」

「安啦大哥。靠艾莉娜小姐教我的基礎，總會有辦法的。」

申請入學的人很多，我想每個人的面試時間應該不會太長，但雷烏斯平常的舉止害我有點不安。

尤其是最近，大概是受到爺爺的負面影響吧，他養成看到堅固的東西就會想那東西用劍砍不砍得斷的習慣。好險他對砍人一點興趣都沒有。

「至於天狼星少爺……我看沒問題吧。」

「嗯。根本不用擔心大哥。」

實技測驗前好像會先測屬性，不曉得知道我是無屬性會有什麼影響……算了，船到橋頭自然直。

「萬一沒考上，請賈爾岡商會雇用我好了。然後再請他們讓我加入把物資送到諾艾兒和迪那邊的輸送隊。」

「我當然也是。」

「遇到盜賊就由我全部砍了！」

兩姊弟是因為想與我同在才去上學，如果我沒考上，即使合格他們八成也會直接放棄，和我一起離開。

休息一陣子後，姊弟倆察覺到有人在接近我們的房間，豎起耳朵，開始警戒周圍。

「老闆，俺回來哩。」

隨著敲門聲傳來的是札克的聲音。

在門附近的雷烏斯走過去，在開門前先感應氣息、聞味道，相當警戒。沒錯，即使是認識的人也不能隨便開門。

我在內心稱讚他，這時雷烏斯把耳朵貼在門上，悄聲說道：

「……大哥？」

「最棒了！」

我差點跌倒。他們什麼時候決定好通關密語的？真想吐槽這個暗號。

在我頭痛之時，雷烏斯打開門，札克笑著走進房間。

「讓大家久等哩。竟然特地等俺回來吃晚餐，感激不盡！」

「噢，嗯。總之先去吃飯吧。」

「札克先生說過這裡的料理很好吃對吧？好期待唷。」

「對啊，這裡的烤加歐拉最棒了。」

「我想不會比大哥的菜讚，不過聽起來好好吃喔！」

於是，我們前往食堂吃晚餐，順便開一個小型慶功宴。

「那麼，慶祝大家順利入學——」

「等一下。我們連學校都沒看過耶？」

「咦？俺可不覺得你們會考不上。」

「還是一樣。有很多事可以慶祝吧，例如遇到你之類的。」

「喔，不錯喔。那麼慶祝俺與大家相遇……乾杯！」

儘管一開始有點混亂，總之慶功宴開始了。

我嘗試了這間旅館的名產「烤加歐拉」，是種脂肪厚、味道濃郁的肉類，挺好吃的。不如說，這就是上輩子的鰻魚嘛。

真想淋照燒醬，但缺了一堆材料，所以我沒辦法做。

「非常美味。不愧是札克先生推薦的。」

「我喜歡這個！超適合配麵包，總之就是好吃！」

「嗯——好吃是好吃……真想配飯啊。」

「『飯』？是適合和這種肉搭配的料理嗎？」

「大哥！是新菜嗎？」

「喔喔！願聞其詳。」

三人興致勃勃地詢問，我便向他們解釋稻米的形狀及生長條件，順便說了下製作照燒醬所需的材料。

我之所以說明得那麼清楚，是因為札克是商人，可能會透過某些管道獲得情報。事實上，我以前提過的調味料就有幾個是迪告訴賈德，賈德再幫忙找到的。

「瞭解。有空的話俺會去找找看。」

「不好意思，你之後會忙起來還拜託你這種事。你是明天回去對吧？」

札克本來預計在這裡住兩天，休息夠再回去，但這次因為盜賊事件的關係，好像明天就要啟程了。

「是很累沒錯，可是俺得憑那些盜賊的證言『報答』那家商會才行。這叫以牙還牙！」

「沒錯！被人瞧不起就輸啦，札克哥哥！」

「俺回去時大哥應該也回來了，到時賈爾岡商會會團結起來搞垮他們！」

札克自己也幹勁十足。即使我們最後都沒事，實際上就是被襲擊了，幹這種無聊事的人被報復也是活該。

「這次的工作雖然碰到很多麻煩，能遇見大家真的太好哩。」

「我們也是。下次來這裡時，讓我看看你精力十足的樣子喔？」

「是！俺會和大哥一起帶謝禮來。」

眾人和樂融融地享用晚餐，吃完後我們就回房休息。

隔天……我們目送札克離開後，在城裡散步。

雖然入學考快到了，現在也沒什麼好準備的，之後只要到場考試即可，因此我們在城裡四處走動，以摸熟這座城市整體的構造。環顧四周，經常看見小孩或青年穿著感覺很高級的藍色衣服，明顯和市民不同。

「人果然比之前那座城市還多呢。還有，那是學校的制服嗎？」

「是我們要穿的衣服耶。對了大哥，那間店在哪啊？」

「我看看，記得就在附近……」

我們在找的店是鍛造萊奧爾爺爺那把大劍的鍛治屋。

那把劍被爺爺的怪力亂揮一通，刀刃卻一點缺口都沒有，所以我想請那家店幫雷烏斯打一把適合他的劍。

我得知那家店的存在，是在一個月左右前。

那一天，我獨自來到爺爺家，沒有帶艾米莉亞和雷烏斯。

「……你來啦。」

「嗯……」

若是平常，他都會喜孜孜地找我切磋，當時的氣氛卻截然不同。

這是我上次來時，我們一起決定的。

下次見面，彼此都要拿出真本事戰鬥。

證據就是爺爺用的不是以往的木劍，而是他愛用的大劍，我也把迪給我的劍和祕銀刀都裝備在身上。

除此之外，我們還決定這場戰鬥禁止使用「增幅」以外的魔法，因為太不識趣了。

「說不定這就是最後一戰。你可別比老夫早死啊？」

「你才是，別死了啊？」

我們沒有再說任何話。

我和萊奧爾默默移動到寬敞的地方，認真地……互相殘殺。

我帶著殺意揮下劍與刀，萊奧爾也帶著殺意揮下大劍……展開一場足以稱之為死鬥的戰鬥。

我全心投入在戰鬥上，腦內沒有多餘的思緒，所以不記得自己是怎麼戰鬥的。

只不過……等到一切都告一段落，冷靜下來後，我知道是我贏了。

附近一帶受到波及，不只是樹木倒成一片，地面也坑坑洞洞，眼前的慘狀有如戰爭過後。

一隻手被砍飛的萊奧爾倒在我面前，鮮血淋漓，我也滿身是血，累到沒力氣回家，因此那一天我在萊奧爾家過夜。

他的傷勢嚴重到死了都不奇怪，卻因為生存本能和我的治療，撿回一條小命。我還用再生能力活性化把他斷掉的手接回去，做做復健應該就能動了吧。

「哈哈哈！老夫真的以為自己會死。」

「不要笑。要是你死了，難過的人會是我。」

「抱歉。可是老夫體力都恢復到接近全盛期了，仍舊贏不了你。」

他難得有沮喪的時候。不過，這說不定也是理所當然。因為就算把體力練回來，他依然會逐漸衰老；我的身體是小孩子，所以會一直成長。

「那你這次真的要隱居囉？」

「……正好相反！」

萊奧爾數小時前明明還在生死邊緣徘徊，現在卻握緊拳頭，露出狂野笑容。

喂，不要用力。癒合的傷口又會裂開流血喔。

「老夫決定踏上旅程。不是尋找弟子，老夫要踏上純粹是為了鍛鍊自己的旅程！」

「……你認真的嗎？」

「這還用問。萬一在途中死於路旁，代表老夫就到此為止，何況你去學校後不就不能來這裡了嗎？既然如此，老夫何必留在此處。」

如果我之後要住在學校的所在地艾琉席恩，到這裡會非常麻煩。所以我們才覺得這會是最後一戰，使出全力……想不到結果會這樣。

「雖然我挺擔心的，這畢竟是你自己的人生。我沒道理插嘴。」

「就是這樣。話說回來，你還能來這裡幾次？」

「嗯……大概兩次左右？」

「那之後把你的弟子也帶來吧。尤其是艾米莉亞，絕對要帶她來！」

為何指定艾米莉亞？他又沒有要教她劍術。

其實這個老爺爺內心潛藏著不得了的笨爺爺特質。

半年前……由於雷烏斯在與萊奧爾學劍，艾米莉亞說身為他的姊姊，想要跟萊奧爾打聲招呼，我便帶她過來這裡和萊奧爾見面，這就是一切的契機。

艾米莉亞雖然被萊奧爾強壯的身軀嚇到，起初還是和平常一樣向他問好，不過……

『放鬆點。無須對老夫如此拘謹。』

『知道了。那……爺爺。』

『唔!?』

這句話令他成了艾米莉亞的俘虜。

『爺爺，請用。茶還很燙，請您小心——』

『別擔心，老夫是無敵的！喔喔……這令人滿足的喜悅之情是怎麼回事……』

萊奧爾幸福地享用艾米莉亞幫他泡的茶，嚴肅的表情瞬間崩解，這副模樣還挺新鮮的。

之後雷烏斯也跟著叫萊奧爾「爺爺」，他對雷烏斯的態度卻絲毫沒有改變，所以我跑去問他為什麼……

『那小子是你的徒弟，也是老夫的學生。得對他隨便——不對，得對他嚴格點。

雷烏斯也挺可愛的啦，不過完全比不上艾米莉亞！』

……就是這樣。

萊奧爾沒有結婚，一直在鑽研劍道，因此別說孫子了，連小孩都沒有。

接觸到不是自己徒弟的獸人姊弟，讓他第一次知道孫子的可愛之處。

「我是有打算帶他們來，但你為何特別強調艾米莉亞？」

「當然是因為老夫想見她。老夫還想讓雷烏斯看看奧義……就當順便吧。」

……反過來了吧。雷烏斯會哭喔。

雷烏斯看到奧義時興奮得兩眼發光，不知道真相竟是如此。

最後一次見到萊奧爾，是我們搬出宅邸的數日前。

他已經準備好踏上旅程，家裡空蕩蕩的。好像是打算和我道別完就立刻啟程。

「真的很感謝你成為老夫的新目標。」

「我講過好幾次了，別客氣。我也很感謝你成為我的勁敵讓我變強。」

和我握過手後，萊奧爾遞給我一個小袋子。

「那是小子變得夠強後，老夫想給他的真傳證書。你覺得他有那個資格時，就把這東西給他吧。」

袋子裡面是一個刻著劍的勳章，以及一封信。

「你是要去艾琉席恩對吧？幫老夫鑄劍的又矮又乖僻的老頭就住在那裡。那封信上寫著希望他幫小子打一把劍。」

被萊奧爾這個劍痴說乖僻的老爺爺啊。究竟會是什麼樣的人？

不過真傳證書也好，請人家幫雷烏斯鑄劍的介紹信也好，萊奧爾還真照顧雷烏斯。

「艾米莉亞的份當然也有喔。老夫叫他不打造一把比雷烏斯更好的劍就砍了他。」

抱歉，雷烏斯。我不知道該說些什麼。

「再會。下次見面時，老夫絕對會贏過你！」

於是，年近六十的剛劍萊奧爾帶著滿面笑容，再次踏上旅途。

雖然萊奧爾給了我一封介紹信，最重要的地點卻沒有講得太詳細。

他說找看起來很白痴的看板就對了，可是我並沒有看到類似的東西。

「爺爺不是說那個人是又矮又胖又陰沉還很囉嗦的老爺爺？真的有這種人嗎？」

萊奧爾對那人的中傷又更嚴重了。總之比起身體上的特徵，用看板找應該比較快吧。

「天狼星少爺，我去問問那家攤販。」

攤販通常會對居民的流動和地理位置很清楚，適合收集情報。艾米莉亞好像也逐漸懂得收集情報的方法。

我一邊在內心感慨，一邊等待艾米莉亞，過了一會兒，她帶著烤肉串回來。

「那條巷子裡好像有家名字很奇怪的店。」

「辛苦了。那先去那裡看看吧。」

我摸了下艾米莉亞的頭後拐進巷子，走在陽光被建築物擋住的昏暗道路上，找到一家看板上寫著「死天滅殺金剛鍛治屋」的店。嗯，很白痴的看板。

「……這啥鬼東東？」

我也想問。看來萊奧爾說的店就是這裡沒錯。

從荒涼的外觀就隱約猜得到，踏進店裡則令我更加確信。這家店生意絕對不好。看板都褪色了，跟廢屋一樣，裡面卻傳來打鐵的聲音，好像有人住在這裡。

雖然這家店看起來完全不打算做生意，對武器的熱情應該是貨真價實的。因為店裡的武器都磨得很亮，保養得很好。

「不好意思！」

雷烏斯大聲吶喊……沒有反應。只有打鐵聲在店內迴盪。

「不好意思！有客人——！」

……沒有反應。是打鐵打太久，導致聽力受損了嗎？

「快給我出來啦！你這個取名品味爛到炸的死酒鬼臭矮子！」

「你說什麼！你這白痴！」

「……講他壞話就聽得見了呢。是說為什麼你要這樣罵人家？」

「爺爺說這樣講他就會有反應。」

我不知道這人和萊奧爾是什麼關係，大概是會互罵的損友吧？

氣得滿臉通紅走出來的，是身高跟我這個小孩差不多的老爺爺。

看他的長髮和鬍鬚，以及又粗又壯的手腳，我想是叫作「矮人」的種族。喜歡酒和鍛造，對礦石與冶煉知識精通到人們都說想要好武器就去找矮人。

「您終於出來了。初次見面，我叫天狼星──」

「我不跟小孩和貴族打交道。如果你們是來亂的就趕快滾回去，你這白痴！」

「那個，我們不是來亂的，是萊奧爾介紹我們來的。」

「啥？」

矮人正準備走回裡面，聽見萊奧爾的名字就停下腳步。

「這是介紹信。您看了就會明白。」

「哼……要是你敢騙人，小心我用鐵鎚打死你，你這白痴！」

矮人爺爺把信從我手中搶走，露出彷彿在看殺父仇人的眼神開始讀信。

過沒多久，他把信揉成一團扔到旁邊，拿了幾把店裡的大劍放到桌上，看著雷烏斯。

「從左邊開始揮揮看。全部揮過再告訴我哪一把用得順手。」

「知道了。喔喔……好棒的劍！」

雷烏斯高興地拿起劍試揮，艾米莉亞則看上一把擺在附近的小刀。

「天狼星少爺，您看。這把刀看起來好利。」

「小姑娘，妳看得出來啊？」

「這麼利的刀，肉筋也能輕易切斷吧。長度也剛剛好。」

「是嗎是嗎，既然妳瞭解它的好，賣給妳也是可以。妳帶了多少錢？」

艾米莉亞瞄了我一眼，我點頭叫她照自己的意思做。我事前給了她幾枚銀幣當零用錢，讓我看看她可以殺多少價。

「我身上沒有太多錢……只有三枚銀幣。」

「銀幣嗎……不是金幣的話，我賣不下手啊。」

就我看來，這麼好的刀大概值數枚金幣。

身上的錢怎麼看都不夠，艾米莉亞低下頭，神情凝重。矮人爺爺見狀，搔著頭拿下那把小刀。

「唔……看來妳有什麼苦衷啊。」

「是的，可以請您看看這把刀嗎？」

「啊？嗯……好爛的刀。」

艾米莉亞給他看的是自己的刀。

這把刀是隨便找家店買的便宜貨，被專業人士說爛也是無可奈何。

「我的工作是侍奉這邊這位天狼星少爺，但這把刀在關鍵時刻無法派上用場。所以我想，如果有這麼一把好刀就能放心了。」

「哈，那就叫妳的主人買給妳啊。」

「我辦不到。隨從怎麼可以給主人增加負擔。」

「唔、唔唔……我不是不懂妳的感受，可是我也要做生意。妳去問問其他店吧。」

「說得也是。爺爺，對不起，提出這麼強人所難的要求。」

「爺爺!?怎、怎麼回事……這令人滿足的喜悅之情是？」

看那恍惚的表情……和某位剛劍爺爺的反應一模一樣。

「呃……因為您跟萊奧爾先生很像，我都叫他爺爺，所以不小心也這麼稱呼您。那個……不可以嗎？」

「喔喔!?可、可以！看妳愛叫幾次都可以！」

「好的，爺爺！那麼等我存到錢再──」

「混帳東西！直接送妳啦！」

結果……艾米莉亞獲勝。

她搖搖頭拿出銀幣，大概是覺得這樣不太好意思吧。

「十分感謝您的好意，可是這麼好的東西我不能白拿。我知道這些錢完全不夠，還是請您收下它。」
「沒辦法。既然妳這麼說，我就收下吧。」
「謝謝您，爺爺！」
「唔喔喔喔!?給我把錢拿回去！」
他們把銀幣推來推去，最後在艾米莉亞的說服下，矮人爺爺勉強答應三枚銀幣成交。
「嘿嘿，能被這麼可愛的小姑娘使用，我的刀也會滿足的。」
矮人爺爺擺出一副很帥的樣子，但我想補充一點。
關於那把刀的用途……恐怕是料理用的喔？因為艾米莉亞拿出來給你看的小刀是拿來做菜的，戰鬥用的是更好的刀。
如果他知道事實……不，艾米莉亞叫聲「爺爺」八成就能解決一切。
「這是贈品！這把和這把也拿去！」
「咦!?那個，我不能收這麼多東西……」
哎，簡單地說就是艾米莉亞完全勝利。
矮人爺爺不斷把好武器塞給艾米莉亞，這時試完劍的雷烏斯跑了過來。
「大叔！全都揮完了。」
「啊？嘖……真會挑時機。所以咧？哪一把用得順手？」

儘管他態度如此，在工作方面倒是挺可靠的，所以雷烏斯好像也不會不高興。

「呃，第五把和第六把吧？兩把感覺都只差那麼一點。」

「哦……不愧是那老頭的徒弟，喜好真奇特，你這白痴。」

「大叔，我不叫白痴。我有個很棒的名字，叫作雷烏斯！」

「嘿，我叫格蘭多，你這白痴。」

「我叫雷烏斯。還有我是大哥的徒弟，不是爺爺的徒弟！」

「不管怎樣，你就是跟他很像啦，你這白痴。」

「就跟你說我叫雷烏斯了！」

個性天然與古怪的兩人吵起來沒完沒了，因此我介入其中，幫忙收場。

簡而言之，矮人爺爺叫雷烏斯把劍統統揮過，是為了找出他用劍的習慣。

「您的言下之意是，雷烏斯選了和萊奧爾類似的劍？」

「正是如此！每個人適合的劍不同。有人適合輕而銳利的，有人適合重而有破壞力的，你這白痴。」

「大哥才不是白痴！」

「別嚷嚷，那只是對方的口頭禪。請問雷烏斯選的是什麼樣的劍呢？」

「純粹是又重又堅固的劍。重心也比較靠手，和那老頭一模一樣，令人火大。不只小姑娘，看來那傢伙似乎也很喜歡這小子啊。」

雷烏斯的確會嫌一般的劍太輕，剛破一刀流並非只看劍的重量，也是必須仰賴技術的流派。看來劍的問題找這位格蘭多果然不會有錯。

「那麼我就進入正題了，可以請您幫雷烏斯打一把適合他的劍嗎？雖然我手邊只有這些，等到之後賺到錢，絕對會拿來付清。」

我從懷裡拿出金幣，低下頭。

老實說，這點錢根本不夠，不過艾米莉亞開口拜託，他八成會一口答應。但雷烏斯是我的弟子。不為弟子表示自己的誠意，算什麼師父。

「大哥……」

「呵……行啊，我就幫他打一把！」

「真的嗎大叔！我要又重又堅固的！」

「你的需求太籠統了。呃……我不會說要和萊奧爾那把大劍一樣，但希望是雷烏斯可以盡情使用，不用怕斷掉的劍。」

「啥!?這是什麼半吊子的要求，你這白痴。」

我這樣說惹到他了嗎？格蘭多拿起放在手邊的鐵槌指向我。

「我不會鍛造半吊子的劍！我會打一把比那傢伙的劍還厲害，讓你用一輩子的劍，你這白痴！」

「喔喔！大叔好帥喔！」

「是啊！做為代價，你也要變強把那老頭揍扁給我看。」

「那還用說！爺爺由我來打倒！」

天然與怪人和樂融融地喧鬧著。這樣雷烏斯的問題也解決了。

接下來的問題是……鑄劍的費用。

既然我們委託人家鑄劍，支付相應的報酬自是理所當然，得想辦法請他讓我分月付款。這時格蘭多好像想到什麼，拍了下手：

「對了。有件事想找你商量，願意聽嗎？」

「是可以，不過我並不瞭解劍，您想找我商量什麼？」

「那傢伙在信上寫著，你動不動就會做出令人意想不到的事。那麼你就幫我一把吧。」

格蘭多的問題是最近就算鑄出新劍也不滿意，想要可以刺激靈感的事物。

「嗯……我的武器有點奇特，您要看一下嗎？」

總之，我把迪給我的異常輕的劍和菲亞送我的祕銀刀拿給他看。格蘭多興味盎然地注視著，引起他興趣的是劍而非刀。

「這把刀是祕銀製，沒什麼特別，但劍挺神祕的。用這種礦石做的劍不可能這麼輕。」

「您光用看的就知道材質啊？」

「是啊。這把劍用名為『重力石』的礦石打造，重力石質地雖硬，但也很重。即使是這麼短的劍，和鐵相比也會重上將近五倍，這把劍卻幾乎感覺不到重量。」

「……意思是，劍身上的文字果然有什麼玄機？」

「應該吧。魔法不在我的涉獵範圍內，所以我不清楚喔。」

「謝謝您。知道這些就夠了。」

雖然沒能激發格蘭多的靈感，搞清楚這些事也算不錯的收穫。這把劍好像比想像中還要神祕，有深入調查的價值。

「那把劍是挺有趣的啦，有沒有其他的？你這白痴。」

「我想想，那麼這個如何？」

我將前世所知的某種製劍法告訴他。

那種劍並非只用單一鐵塊鑄成，中心是叫作「芯鐵」的軟鐵，外側則用叫作「皮鐵」的硬鐵包覆住。

柔軟的芯鐵吸收衝擊，防止劍身斷裂，外側堅硬的皮鐵則防止劍身彎曲。如此便是一把不會斷、不會彎、能劈能砍的好劍。

可惜我只知道情報，不知道實際製程。但我認為這應該可以做為參考，才告訴格蘭多，然而……

「……你、你這白痴！」

他突然大叫，拿鐵鎚用力往地板敲下去。我是不是說錯話了？

「芯鐵和皮鐵……原來還有這招！要是能做出來，可以鑄出很棒的劍啊，你這白痴！」

看來他只是過度激動。地上被他敲出一個洞，不關我的事喔。

「但我也只知其原理，不清楚哪裡有和那種鐵一樣的材質喔？」

「你這白痴！那不就是我的工作嗎！喔喔……我燃燒起來了！」

格蘭多瘋狂亂揮鐵鎚，欣喜若狂。

好，趁他心情正好談妥鑄劍的費用。

「關於那把劍的價格，總共要多少呢？可以的話，希望您讓我分月——」

「啊？剛才那些金幣就夠了，你這白痴。」

「不，這怎麼可以……」

「你的情報值這個價。再說小孩子就別跟人客氣了，你這白痴！」

他喘著氣把鐵鎚揮來揮去。既然他都這麼說了，那就這樣吧。

哎……反正我要在這住一段時間。等到錢賺夠再來硬塞給他好了。

就這樣，雷烏斯的劍有著落了，不過格蘭多聽了我提供的情報好像想多做點嘗試，得等一段時間才會完成。

「過一段時間再來啊。」
「謝謝您。等我們安頓好再來跟您打招呼。」
「謝啦，大叔！」
「彼此彼此，我也有受到你們的幫助，你這白痴。」
「我會珍惜這把刀的。謝謝您，爺爺。」
「妳這白痴!?我還是不收妳錢了！」
「想寵孫女也該適可而止吧！」
沒錢就沒辦法過生活耶，為什麼我要為他擔憂啊？看到格蘭多想把金幣還我，我忍不住吐槽。

到了入學考當天……我們來到艾琉席恩的學校。
「哇……好大唷。」
「大哥，學校超大的耶！可以放幾棟我們住的房子啊？」
他們說的沒錯，校地非常廣大，除了各式各樣的設施，還有一棟大到讓人誤以為是城堡的建築物。由於被城堡和城牆擋住，從城外看不見，想不到城裡竟然有如此壯觀的建築物。
今天開始會在這裡舉辦長達數日的入學考，合格的人就能進入這所學校就讀。

「好了，在這邊驚訝也沒用。考試會場在……」

「天狼星少爺，那裡有很多人。」

校門前面聚集了大量人潮，走過去一看，公布入學考會場的看板就立在那裡。還有一張桌子上寫著「申請處」，應該不會有錯。

我環視四周，不出所料，很多看起來像貴族的小孩，獸人則偏少數。如札克所說，有些貴族會冷眼看待獸人。獸人都和獸人待在一起，所以入學前就已經形成類似派系的小團體。

大概是因為銀狼族特有的銀髮很顯眼吧，我們在其他人的注目下走向申請處，一名看起來很溫和的青年注意到我們，出聲詢問：

「來參加入學考的嗎？」

「是的。我們三個都是。」

「這樣啊。那你們有帶入學費嗎？因為有些人不知道要入學費就跑過來了。」

「有。每個人十五枚金幣對吧？」

「沒錯。你們有三個人，所以總共四十五枚。收到金幣我們會給你這個東西。」

青年拿出一條項鍊，裡面鑲了一顆類似翡翠的寶石，背面刻著數字。

「這是准考證，背面刻的數字是每個人的號碼，要記住喔。順帶一提，上面施了帶著它離開校地範圍會攻擊持有者的魔法，請多加注意。」

「瞭解。這些是入學費。」

存了好幾年的錢一口氣消失了。

尤其我的份是媽媽、諾艾兒和迪努力的結晶。我得度過符合其價值的校園生活才行。

青年確認完金額後收起金幣，遞給我三條項鍊和一張紙。

這張紙好像是學校的簡介。我們戴上項鍊，把它移動到不會礙事的位置才開始閱讀。

入學考在離這裡有點距離的別館舉行，考生集合完，要先在校方提供的紙上填好所需資料。

需要填寫的是姓名、身分、屬性等個人資料，在這個階段判斷考生的教養及識不識字。當然不准和同伴討論，不會寫字就不合格。也就是說，這算筆試吧。

把紙交出去後會把考生叫到另一個房間，一次五個人，同時由七位老師進行面試與實技測驗。

只要有四位老師點頭好像就算合格，結果會當場公布，合格的話就能正式入學。

順帶一提，不合格的人在歸還項鍊時會退還一些金幣。以這個世界來說挺有良心的，我想這就是學校很有錢的證據吧。

我和兩姊弟一起閱讀青年交給我們的紙，雷烏斯忽然指著角落問：

「大哥。這裡有一個人的畫，他是誰啊？」

「呣，羅德維爾嗎……似乎是管理這所學校的理事長。」

上面也有簡單介紹一下理事長，羅德維爾是超過四百歲的妖精族男性。

明明是容易被人盯上的稀有種族，還敢光明正大昭告天下，想必那人就是如此有名、有實力。

「這麼說來，天狼星少爺見過妖精對不對？」

「是啊。不知道她過得怎麼樣……」

說要當我妻子──不對，情婦的菲亞，還要十年才能離開故鄉。

在那之後才過了三年多……還要很久以後才能再見到她。

「那就去考試會場吧。我的號碼是……一百五十六號。」

「我是一百五十五。」

「我一五四。」

連號嗎……面試是五人一組，我和他們應該不太可能分在一起。

「看來我會跟你們分散。雖然事到如今不用特地講這種話，相信自己的實力，平常心就好。加油。」

「「是！」」

就這樣，入學考揭開序幕。

——羅德維爾——

……今年也到了入學考的時期。

從學校望向窗外，映入眼簾的是大量神情緊繃的考生。

好了，今天開始是長達數日的入學考，根據申請處的回報，今天聚集而來的考生有一百六十三名。

如果和往年一樣，最後將會超過三百人，不過第一天果然是人最多的時候，所以也最忙。

「理事長，時間差不多了。」

「知道了。走吧。」

接下來是面試考生和實技測驗的時間。

一次叫五個人進房，提出問題確認他們事前填好的資料是否為真，然後在之後的實技測驗測試個別能力。

我也會參加，但以前經常有考生看到太有名氣的我，緊張得無法發揮原有的實力。因此我不會以理事長羅德維爾的身分面試，而是假扮成一名教師威爾老師踏進面試室。

「太慢了！一介庶民竟敢讓我這個貴族等，成何體統！」

「不好意思。」

踏進面試室的瞬間，其中一名教師古雷葛里老師對我怒吼。就時間上來說我並沒有遲到，但和他起爭執只會衍生出更多麻煩，還是乖乖道歉吧。

他堅信貴族身分才是一切，極度厭惡獸人，是個問題教師。然而即使是這樣子的個性，他的實力足夠，社會地位也高，所以我不能不聘請他。理事長也不好當啊。

我乖乖坐到面試官的位子上，觀察其他老師的臉色，看來還是老樣子，只有我的徒弟麥格那發現我的真實身分。

改變髮色、音色，再用耳環型魔導具藏住耳朵——至今仍未有人看穿我完美的變裝，不過總有一天應該會出現吧？

「那麼開始面試吧。帶一號到五號進來。」

面試在我沉思時開始了，五位孩童坐到我們面前的椅子上。好了……今年會出現什麼樣的年輕人呢？

「我的屬性是土。不擅長攻擊魔法，但我很會做土偶。」

「我專攻火魔法。應該已經比老師還厲害了吧。」

「我的屬性是風，只要讓所有屬性的魔法都會使用的本少爺入學，這所學校就註定前途一片光明。總有一天本少爺的大名會傳遍艾琉席恩，光這間學校還容不下呢。」

「那個……我擅長水魔法。不太會用攻擊魔法……火魔法完全不行。」

面試和實技測驗不斷進行，等到剩下二十人時，合格率差不多六成吧？

大部分的考生都是貴族，不過全是仰仗家世的狂妄自大者。有人堂堂正正拿錢出來賄賂時，我真的不知道該說什麼。

面試可以親眼鑑別考生，發掘前途有望的年輕人，所以我每年都很期待……然而最近考生素質低落，面試逐漸變成折磨。

在溫室裡長大，稍微會用點魔法就自以為是的貴族們，以及只會跟同樣的種族締結羈絆，不和其他種族交流的獸人們。

特別是貴族。學校都宣布人人平等了，他們卻動不動就拿家名威脅平民和獸人，這類事件每年都在增加。

「嗯，這樣才是高貴的貴族。你就來我班上吧。」

古雷葛里老師會想把這種貴族——身分高貴、家財萬貫的學生納入旗下。應該是想聚集對自己有利的學生。

「呼……」

最近他變得莫名活躍，我看最好找個人監視他。

「威爾老師，怎麼了嗎？」

「沒有……只是在想終於快結束了。」

「覺得累可以回去啊。就只會說我選的人不合格。你給我記住！」

唉……學校創立時明明都是不會驕矜自滿、更有幹勁的年輕人。看到我連回嘴的力氣都沒有，麥格那急忙開始下一輪面試。

「那、那麼請下一批考生進來吧。一百五十號到一百五十五號，請進。」

缺乏刺激，世人不願意接受我的理論，或許該考慮退休了……在我這麼心想時。

「雷烏斯・席爾巴利恩。屬性是火，比起魔法更擅長劍術。」

「艾米莉亞・席爾巴利恩。屬性是風。」

這兩人開口說話的瞬間，面試室的氣氛就變了。

根據他們事先填好的資料，兩人是姊弟，是這塊大陸上罕見的銀狼族。可是我注意的並非種族。

他們穿的是冒險者會穿的輕便服裝，姿勢及動作卻優雅有氣質，若不是資料上寫著平民，說不定會以為他們是貴族。

更重要的是……姊弟倆看起來毫不緊張。

全身散發出充滿自信的氣息，和貴族的傲慢明顯不同……事情似乎變得有趣起來囉。

「哼。獸人站得多直都一樣。」

「古雷葛里老師，你講這話有失體統。挑釁小孩就叫高貴的貴族嗎？」

「唔……哼！」

我忍不住叫古雷葛里閉上嘴巴，眼前這對姊弟就是令我如此在意。

自我介紹完後，要用魔導具確認屬性。因為偶爾會有實際屬性和資料不符的情況。

雷烏斯如他所說，水晶球發出紅色光芒，看來是火屬性。

他說自己比起魔法更擅長劍術，水晶球的光芒卻強烈到我一點都不這麼覺得。光芒越強代表魔力量越高，害我差點脫口而出「比起劍，你更適合用魔法」。

艾米莉亞也和她說的一樣，水晶發出綠色光芒，是風屬性沒錯，不過水晶的光明顯與其他人不同。恐怕是今天面試的考生裡最出色的。

「那麼開始實技測驗吧。一百五十號先來──」

接著進入實技測驗階段，兩姊弟以外的三人都很普通。雖然是平民，看得出他們有努力鍛鍊，因此古雷葛里以外的老師都讓他們合格。

「下一個，一百五十四號，雷烏斯．席爾巴利恩。可以讓我們看看你的魔法嗎？」

終於輪到我期待的姊弟組了。

這間面試房有一部分與室外相連，外面有個土魔法做成的靶子。實技測驗要用自己擅長的魔法攻擊標靶，我有點期待他們的表現。

然而，雷烏斯沒有使用魔法，而是左顧右盼了一下，舉手發問：

「不好意思。請問一定要打中那邊的靶子嗎？」

「廢話。亞人的智商果然只有這種程度。」

「古雷葛里老師，麻煩你閉上嘴巴。雷烏斯，你有什麼要求嗎？」

「是的。我的魔法是對近距離的對象使用的魔法，在那裡使用的話，老師們大概會看不見。」

「原來如此。麥格那老師，麻煩你了。」

麥格那點點頭，用魔法操作土壤，在附近做出一個新靶子。他的土屬性魔法已經達到顛峰之境，是我引以為傲的徒弟，這點小事對他來說根本不算什麼。

「這個距離就看得見了吧。雷烏斯，可以開始了。」

「謝謝您。火啊寄宿於我的拳頭……『火拳』。」

雷烏斯低聲念出魔法名的同時，他的右手燃起熊熊烈焰。那個火勢怎麼看都不會只有燙傷，雷烏斯卻絲毫不覺得燙的樣子。

艾米莉亞以外的孩子和我們幾個老師都看得目瞪口呆，雷烏斯在眾人注目下，揮拳往目標物打下去。

「看我的！」

標靶在被拳頭擊中的瞬間爆炸，在暴風停歇後消失得不留痕跡。

我第一次看到這種魔法，詠唱時間那麼短，威力竟然能與中級魔法匹敵……太厲害了！

再加上把火焰纏繞在手上的天馬行空的想像力！一般人可不會想到這種用法。

「……哼！暫且不論威力，會傷到自己的魔法根本不值一提。令人傻眼。」

「我不覺得燙啊？」

雷烏斯舉起右手，上面一點燙傷的痕跡都沒有。

雖然有練劍練出來的繭，除去這點他的手還算滿漂亮的。

「很棒的魔法。我認為雷烏斯無疑是合格的，各位覺得呢？」

我望向其他老師，除了古雷葛里，所有人都滿意地點點頭。

「那麼就決定雷烏斯合格。關於你剛才用的魔法——」

「哼，不靠近對方就不能用的亞人的魔法無聊至極！下一個，快點！」

唔……多管閒事，我還想問他問題耶。你是看不出來剛剛的魔法有多麼獨特、出色嗎？

不過後面還有人也是事實。而且他都確定能入學了，之後要多少時間有多少時間，我就姑且讓步吧。

「一百五十五號。艾米莉亞・席爾巴利恩，請上前。」

「是。」

艾米莉亞沒有發出任何聲音，優雅起身，銀髮在空中飄揚，向標靶伸出手。

來吧……妳會讓我見識到什麼樣的魔法？

「風啊斬裂敵人……『風刃』。」

哦……年紀輕輕就會用中級魔法當然很了不起，不過更驚人的是發動速度。

凝聚魔力的速度和詠唱速度都很快，她到底做過什麼樣的訓練？

「……什麼反應都沒有啊。」

然而……如古雷葛里所說，艾米莉亞的魔法只有吹起一陣風，看不出其他變化。

奇怪，從魔力流動來看，魔法確實有發動啊。

「哼，還不都是因為妳愛慕虛榮用中級魔法。給我認清自己的實力──」

「不，已經結束了。風啊……『風彈』。」

不出所料，她施展初級魔法幾乎不用詠唱。艾米莉亞不顧吃驚的我們射出風彈，風彈卻在碰到靶子的同時消失不見。

照理說一般的「風彈」就足以破壞這種大小的標靶，是因為重視詠唱速度，導致威力下滑了嗎？

在我們納悶不已時──

「「什麼!?」」

標靶上出現無數裂痕，被切成好幾塊碎掉了。

也就是說，艾米莉亞一開始用的「風刃」確實有發動，從標靶的殘骸來看，她至少同時放了三道風刃。

待面試室的人全數理解這個事實後，艾米莉亞行了一禮，告知表演結束。

「以上就是我的魔法。」

「……辛苦了。請妳坐在位子上稍待片刻。那麼各位……」

看到艾米莉亞的實力，沒有人……連那個古雷葛里都說不出話來，因此她確定合格。

不只是詠唱速度，還有釋放出在遭受衝擊前不會消散的銳利風刃的魔法控制力。又是一名不同凡響的考生。

剛才考慮的退休如今已經被我拋到腦後。我怎麼可能放著這麼有趣的人才退休呢。

幸好姊弟倆是獸人，古雷葛里對他們沒興趣，得把他們分到麥格那班上觀察才行。

「那麼所有人都合格。請後面的考生進——」

「請等一下。我想問艾米莉亞和雷烏斯一些問題，可以請你們留下來嗎？」

在下一批考生進來前，我有件事無論如何都想問清楚，便叫住他們。儘管旁邊的古雷葛里老師一臉不悅，我仍然對疑惑地轉過身的兩人露出笑容。

「你們的魔法非常出色。是有人教你們的嗎？還是自己鍛鍊出來的？」

「是我們的主人天狼星少爺教的。」

「主人，意思是你們在當隨從？」

「是的。天狼星少爺救了我和弟弟的命，把我們栽培到這麼大，是很偉大的人。」

「都是託大哥——託天狼星少爺的福，我才能變強。」

他們回答得毫不猶豫，想必是真的很尊敬那個叫天狼星的人。

姊弟倆離開後，我在接下來的考生進來前詢問其他老師。

「各位聽過天狼星這個人嗎？」

「沒聽過呢。她的風魔法如此銳利，也有可能是那位『暴風』。」

「有能力教人這麼厲害的魔法，應該不會沒沒無聞才對。」

「關心亞人的主人幹麼。後面的人還沒來嗎？」

果然沒人聽過。是隱居在某處邊境的人嗎？

或者那人不是隱居，而是最近才開始嶄露頭角……之類的？這樣的話說不定還很年輕。等姊弟倆入學又有事情要問他們囉。

「!?威爾老師，請您看看之後的名單。」

「名單？下面五個人是……這是!?」

在我思考的期間，麥格那好像發現了什麼。我照他所說審視名單……瞬間瞪大眼睛。

下一批考生，一百五十六號……天狼星．提切爾。

這是巧合嗎？

不過既然是連號，很可能和那對姊弟有關。

年齡是……十歲。是年僅十歲的這孩子鍛鍊剛才那對姊弟的嗎？我認為同名的可能性比較高。

算了，見了面就知道。我個人希望他就是姊弟倆說的主人。

雷烏斯的火拳和艾米莉亞俐落的風魔法。倘若是他培育這對姊弟的……感覺會很有趣。

他是怎麼訓練他們的？他自己又有什麼樣的才能？

不知不覺，我雀躍得像個小孩子似的。

「我是一百五十六號，天狼星．提切爾。」

我對自我介紹完，端正地坐在椅子上的天狼星進行觀察。

他是一名人族少年，外表是隨處可見的黑髮男孩。

然而……他的視線並不尋常。

旁人可能會覺得他在緊張，不過他其實是在觀察房間，一看到我就面露疑惑。有種不是我在觀察他，而是他在觀察我的感覺。

天狼星看起來表現得很自然，全身上下卻一點破綻都沒有。即使我出其不意用魔法攻擊，他大概也會輕易閃開，然後反擊……我有這種感覺。

我看得出來，他的氣質明顯和其他孩子不同。

「我是一百五十七號，阿爾斯托羅．埃梅洛伊。享譽盛名的埃梅洛伊家的下任當家！」

……這個聲音突然把我拉回現實。

大家都認識你，不用那麼大聲。

阿爾斯托羅家是艾琉席恩的上流貴族之一，我在煩人的社交派對上看過你好幾次，你還是小嬰兒的時候我就認識你了。

因其優秀的能力備受家人期待，在眾人呵護下長大。大概是因為這樣，一陣子不見，他似乎長成一個挺傲慢的孩子。

剩下三人是和阿爾斯托羅同年的隨從，跟著用大音量自我介紹，說要一輩子侍奉主人。

「接下來要判斷屬性。天狼星先來。」

他們事前填寫的資料上，寫著天狼星的屬性是無屬性。

倘若這件事傳遍學校，他八成會遭到中傷，如坐針氈。

既然如此，為什麼要來上學？我不覺得他會沒考慮到這點，或許是魔導具判斷錯誤吧。其他老師好像也是這麼想的，看到資料上寫著無色也沒有多說什麼。

在我們的注視下，天狼星將手伸向魔導具，這時……

「不准碰！區區庶民竟敢比阿爾斯托羅少爺先碰，不可饒恕！」

待在阿爾斯托羅旁邊的隨從開口制止他。

他還把天狼星推開，所以我忍不住訓誡他。

「……你們在做什麼？」

「貴為貴族的阿爾斯托羅少爺怎麼可以排在庶民後面。」

「不好意思，這間學校沒有貴族平民之分。」

「有什麼關係？阿爾斯托羅啊，我允許你先碰。這是貴族應有的權利。」

我講過好幾次貴族平民一律同等了……這個人真的誤解了「貴族的驕傲」是何物。

「我沒關係，您先請。」

「哼，挺識相的嘛。」

都分不清楚誰才是大人了。

被天狼星禮讓的阿爾斯托羅一碰到魔導具，水晶球就發出紅與綠的光芒。

「哈哈哈，庶民啊，嚇到了嗎？這就是被選上的貴族的能力！」

「「太厲害了，阿爾斯托羅少爺！」」

「喔……這就是『雙屬性』啊。」

順帶一提，「雙屬性」是有兩種屬性的人的別稱，十分罕見。

看到喃喃自語的天狼星，阿爾斯托羅及其隨從一副得意洋洋的樣子，然而我們已經知道他是雙屬性，所以一點都不意外。數年前發現他是雙屬性時，阿爾斯托羅的家人在艾琉席恩大肆宣傳，我都聽膩了。

與其說驚訝，天狼星的表情更像在看珍禽異獸，阿爾斯托羅的隨從們無視他，一個接一個觸摸魔導具。

真是隨心所欲啊。但他們實力足夠，肯定會合格，因此我已經完全失去興趣。

唉……失敗了。早知道就單獨面試天狼星。

「那麼麻煩天狼星也來測試屬性。」

終於輪到天狼星了，我重振心情。

他觸摸魔導具，水晶的光芒是……白色。跟資料上一樣……是無屬性。

「哈、哈哈哈！搞什麼，這裡竟然有無能！」

「真是的。無能竟然還想來上學。」

「連跟我們站在一起都顯得自不量力！」

不出所料，恥笑聲響徹四周。其他老師好像也不知道該說什麼，古雷葛里甚至指著天狼星大罵：

「我們學校不收無能！看都不用看，給我立刻回去！」

「老師都這麼說囉，快滾回去吧！」

「無能滾回去！」

「閉嘴。」

這個狀況實在太令人不悅，害我聲音裡帶著殺氣。

阿爾斯托羅他們感覺到我的殺氣，身體一顫，停止大笑，古雷葛里老師則當場僵住，臉上掛著僵硬笑容。

……搞砸了。

這也沒辦法，因為我實在看不下去。

連弟子麥格那都被我的殺氣嚇到，天狼星卻不一樣。

他反而比看到「雙屬性」時還要好奇，一和我四目相交就輕輕點頭致意，面色平靜。這孩子果然不是一般人。

「這裡不是你家。再說不分場合嘲笑他人就是所謂的上流貴族嗎？那還真是器量狹小的貴族。身為貴族，有那個時間嘲笑、鄙視他人的話，更應該鑽研自己。這裡就是這樣子的場所喔？」

古雷葛里和阿爾斯托羅勇敢地瞪著我，手卻都在發抖。他們大概是想設法開除我，辦得到就試試看啊。

「我們已經知道你們四個的實力，就算你們合格吧。之後只要天狼星留下來面試就好，你們可以離開了。」

「哼、哼！光是和無能待在同一個空間都令人不快。我們走！」

「「遵、遵命！」」

阿爾斯托羅帶著隨從走出房間，與此同時，坐在旁邊的古雷葛里老師也站了起來。

「看無能的魔法只是浪費時間，我離開一下。期待各位做出公正的判斷。」

他跟在阿爾斯托羅後面，大搖大擺離開房間。八成是要去籠絡阿爾斯托羅，把他拉到自己這一邊。上流貴族又是雙屬性，完全符合古雷葛里老師的理想。

雖然少了一個人，這樣就不會有人在旁邊囉嗦，面試應該可以順利進行。其他老師大概也是這麼想吧，沒有針對曠職的他說些什麼。

比起這點小事，我更擔心這個有趣的孩子會不會被嚇到，因而不想入學。

「不好意思。讓你見笑了。」

「沒關係，我有預料到會發生這種事。而且還有其他老師在。」

天狼星笑著說，看起來毫不在意。

是抹自然的笑容，不是逞強裝出來的。真的很想知道誰才是大人。

仔細一看，其他老師被我的殺氣嚇得有點畏首畏尾，就由我來主導面試吧。

「雖然發生了一點事，我們繼續進行實技測驗吧。可不可以讓我看看你的魔法？」

「瞭解。」

他的屬性確實是無屬性。

不過——剛才我的注意力都放在顏色上，所以慢半拍才意識到——水晶球發出的光芒卻比艾米莉亞還要強烈。

我心想「他不是一般的無屬性……」看著天狼星，他緩緩把手伸向前方……

「那就來個基本的。光啊……『光明』。」

好快!?

而且他是什麼時候凝聚魔力的？

天狼星發動魔法，手中出現一顆小小的光球，整個過程像呼吸一樣自然。不僅如此，他還把無人研究的「光明」練到近乎無詠唱的地步。

「接著是……去吧。」

光球飄離他的手心，慢慢飛向我們。令人驚訝的是，它在途中分裂成六顆，彷彿擁有自己的意志，停在我們面前。

我用手指觸摸，確實是每個人都用得出來的「光明」。

可是，裡面凝聚的魔力精密得可怕。

「結束。」

天狼星手一拍，「光明」就瞬間消失。

我看過好幾個得知自己是無屬性就陷入絕望的人，天狼星卻完全沒有那個跡象。他把無屬性魔法練得爐火純青。

啊啊……糟糕。壞習慣又發作了。我想再……

「方便讓我……再多見識幾招嗎？」

「威爾老師？剛才的『光明』就夠了吧……」

「……我明白了。衝擊啊……『衝擊(Impact)』。」

天狼星答應我的要求，在手心對準標靶的同時使出初級無屬性魔法。他釋放的衝擊輕易將靶子轟成碎屑，單論威力足以與中級魔法匹敵。

「衝擊」本來的威力應該只能讓標靶輕輕搖晃才對，想不到會直接轟碎它。

「結束。」

就這樣，實技測驗結束，天狼星靜靜坐在位子上，等待我們回應。

顛覆眾人對無屬性魔法的評價的一幕，令其他教師困惑不已，但我已經做好決定。

不如說如果有人反對，我不惜表明真實身分也要讓他入學。

「各位覺得如何？我認為沒什麼好挑剔的。」

「既然威爾老師這麼說……」

「是、是啊。那、那魔法的威力一點都不像初級……」

雖然他們有點畏縮，所有人都決定讓天狼星合格。天狼星低下頭，向我們致謝。

這樣面試就結束了，之後應該請他離開，叫下面五個人進來，可是……

「不好意思，方便讓我問幾個私人問題嗎？」

「……請說。」

「在你之前我們面試了叫艾米莉亞和雷烏斯的姊弟，是你鍛鍊他們的？」

「是的，但那對姊弟的力量源自於他們長久以來的努力與才能。我只有教他們一點訣竅。」

「訣竅嗎……」

我不覺得這點小事會讓姊弟倆如此信賴他，變得那麼強，不過現在就先這樣吧。等他入學隨時都可以確認。

「最後一個問題，你有拜誰為師嗎？」

「魔法基礎是某位女性教我的，剩下是自學。因為我喜歡自我鍛鍊。」

興趣是自學魔法……和我一樣。

聽見天狼星的回答，其他老師面面相覷，啞口無言。

「謝謝你。我們入學典禮上見。」

「失禮了。」

我目送天狼星冷靜地離開，拚命忍耐不要笑出來。

啊啊……太愉快了。

他身上的謎團確實很多，不過我就是在等這種有趣的孩子。

真期待未來會發生什麼事。

—— 天狼星 ——

呼……雖然因為無屬性發生了一些問題，看來是勉強合格了。

貴族統統在嘲笑我，可是我早有預料，反而覺得幸好只有我在場。要是姊弟倆也在，那間房間可能會被阿爾斯托羅他們的鮮血染紅。

「麥格農」威力太強，不能在實技測驗上用，所以我使用下了點工夫的「光明」與「衝擊」，幸好有一名老師挺滿意的。

話說回來……那個叫威爾的老師是什麼人？

外表是爽朗的美青年，卻能釋放出如此懾人的殺氣，是個不會輸給我的神祕人物。比起這個，第一眼看到他時，我感覺到一股熟悉的氣息，是錯覺嗎？

「天狼星少爺！」

「大哥！」

一走出房間，姊弟倆就立刻衝到我旁邊。他們豎起尾巴，緊張兮兮的，不過我一笑著點頭，兩人就露出滿面笑容，尾巴狂搖。

換我進去面試時，我聽到他們倆合格的消息，這樣我們就確定能入學了。

「以天狼星少爺的實力，合格也是當然的。」

「好耶！這樣就能和大哥在一起啦！」

雷烏斯不顧旁邊有其他人，興奮大叫，所以附近的人都冷冷看著我們。我先摸摸他的頭讓他冷靜下來，拿下項鍊。

「好了，把項鍊還給人家，回旅館去吧。下次集合是三天後對吧？」

「是的。資料上說三天後再到這裡集合，好像會開放學生住的宿舍和公布房間分配。」

「宿舍啊。我記得札克哥哥說宿舍是雙人房。」

札克明明沒念過這所學校，虧他知道這些事，可是商人的基本就是要收集情報，他會知道也不奇怪。

就這樣，我們歸還項鍊，回到旅館「春風停歇之樹」。

「都合格了!?你們挺行的嘛，今天我請客。」

老闆娘得知結果，像在為自己的小孩高興般恭喜我們。

在那之後，直到學校公布宿舍房間的那一天，我們都在城裡閒晃，牢牢記住艾琉席恩的地理環境。我們至少會在這裡住五年，掌握地形不會有壞處。

除此之外還發生了很多事，例如去市場找新的辛香料和新食材，試著重現之前沒辦法做的上輩子的料理、艾米莉亞在旅館幫忙，賺點零用錢，結果被老闆娘看上，認真地勸她來旅館工作等等。

宿舍開放當天，我們一起向老闆娘道謝。

「雖然只有短短幾天，謝謝您的照顧。」

「討厭，我才要對你們道謝呢。欸，艾米莉亞，畢業後要不要來這裡工作？」

「對不起，我該待的地方是天狼星少爺身邊。」

「真可惜。哎，搬進宿舍後你們還是在這座城市，有空記得來露個臉啊，只是吃頓飯也好。」

「我們會再來吃烤加歐拉的。」

我們離開春風停歇之樹，前往下一個住所——學校宿舍。

好了……宿舍基本上都與人同寢的樣子，我的室友不曉得會是哪種類型？希望不要是頭腦不好的人。

校內比上次來得空曠，即使如此，人還是挺多的。

入學考持續了好幾天，學生會多出這段期間的合格者，所以人數自然會增加，雖然應該也有不及格的傢伙就是了。

「這些人和我們一樣，都會成為這裡的學生吼。還有衣服好漂亮的大人，那也是學生嗎？」

「他們是那些人的父母。不要靠近他們喔，要是被盯上會很麻煩。」

我算了一下新生人數，隨便數都超過兩百人。帶父母來的貴族小孩也很多，一眼就看得出貴族穿著也是分很多種的。

「好了，哪裡可以看到宿舍的房間分配表？」

「天狼星少爺，那裡有人在發，我就去拿了一張過來。」

艾米莉亞效率極佳，我邊摸她的頭邊接過那張紙，然後發現一件事。

仔細一看，不遠處的看板前擠滿人潮，房間分配表好像也張貼在那裡。然而聚集在那裡的全是看似平民的新生……

「艾米莉亞，這張紙是不是給貴族看的？」
「好像是。不過我只是站在詢問處前面行了一禮，沒有叫人家給我唷？」
……算了。
是對方自己誤會，我便不客氣地確認房間。
「希望能和大哥在同一間房。」
「我在……找到了。」
學校宿舍男女是分開的，用四種屬性命名。
順帶一提，本人的屬性和宿舍名好像沒有關係。
雷烏斯在男生宿舍的火三十八號。
艾米莉亞在女生宿舍的水二十五號。
然後我是……
「咦……沒有大哥的名字耶!?」
我們三個把分配表從頭到尾看了一次，卻找不到我的名字。
「宿舍也沒住滿，是漏掉天狼星少爺了嗎？」
「那我把我房間的另一個人趕出去，大哥來我這邊住唄。」
「喂，就算是開玩笑也不可以講這種話。先去問問看吧。」
我和兩人一起到艾米莉亞領房間分配表的詢問處詢問。

坐在那裡的人不是老師，而是疑似工友的男性，一臉疲憊。本以為他是疲於應付貴族，艾米莉亞告訴我這人不是剛才給她分配表的人。總之先問一下吧。

「不好意思。我想請教一下房間分配的問題。」

「是……呃，原來不是貴族啊。什麼事？」

「分配表上沒有我的名字，您知道為什麼嗎？」

「你有沒有看仔細？沒辦法……你的號碼是？」

「一百五十六號。」

他一邊喃喃自語我的號碼，一邊從桌子底下拿出一張紙。那張紙好像是名單式的分配表，和我手上這張地圖式的分配表不同。

男人從最上面看到最下面，然後不耐煩地嘆了口氣。

「你就是天狼星？」

「是的。我叫天狼星・提切爾。」

「那你的宿舍不在這裡。跟我來，我帶你去。」

他不顧一頭霧水的我們，和旁邊的人知會一聲後就逕自離開，我們只好追上去。

我們穿過八棟宿舍間的空隙，踏上有如山路的上坡路。在雜草叢生、平常八成不太有人經過的道路上走了數分鐘後……出現一棟建築物。

在砍掉樹木開闢出來的廣闊土地中央，有一棟和我們家差不多大的木造建築物。

「這裡就是你的宿舍。」

「咦？這、這裡嗎……？」

「這裡是大哥的宿舍⁉」

牆壁爬滿藤蔓，老舊的木材上到處都是洞。屋頂依然完好，所以勉強可以躲雨吧？

庭院似乎有塊小小的田地和井，但雜草多到把它們埋住，看不太出來是什麼東西。

「這種地方哪能稱得上宿舍啊！」

這裡本來應該是棟管理小屋，現在只是單純的廢屋。

「跟我說也沒用。你看，這張紙上不就是這樣寫的？」

雷烏斯指著廢屋大罵，男人拿出懷裡的紙給我們看。

『無能沒資格踏入傳統悠久的宿舍。因此出借過去當成管理小屋使用的榮譽住所提供居住。』

這行字下面有個叫古雷葛里的人簽的名，以及疑似家名的印記。

「怎麼會……這樣太不講理了！」

「總不能違反貴族大人的命令吧，只能死心囉。而且無能光能踏進學校也夠了，我覺得這地方挺適合──」

「………………」

「嗚!?」

我迅速抓住兩姊弟的後頸。否則他們八成會撲向這個男人。

兩人釋放出的殺氣嚇得男人想跑，我在他落荒而逃前叫住他。

「我明白了。請問一下，應該可以打掃這棟建築物，把它改裝成可以住人的環境吧？」

「我、我不知道！上頭只叫我負責帶路！」

「那麼麻煩你立刻去確認。可以的話請找威爾老師。」

「知、知道了！」

男人盡全力跑走，大概是怕反抗我的話我會放開姊弟倆吧。

「大哥，為什麼要阻止我！那傢伙看不起你耶！」

「他只是把人家交代的工作做好。痛揍他一頓也改變不了什麼。」

「可是……這樣對您未免太過分了。」

「乖喔乖喔。謝謝你們替我生氣。」

兩姊弟氣得咬緊牙關。雖然這樣講不太好，他們明明不是當事人卻為我氣成這樣……我還挺高興的。

我摸摸兩人的頭安撫他們後，開始調查這棟建築物。

門沒有壞，因此我們走進裡面。室內充滿灰塵，亂到不行，在外面搭帳篷睡都還比較好。

「總共五個房間嗎，還滿大的。」

「我們以前住的房子去掉二樓的感覺。」

若要簡單描述這棟木屋的構造，有個疑似餐廳兼廚房的大房間，以及包含寢室在內的四個房間。

「欸大哥，你真的要住這裡喔？」

「對啊。這裡亂歸亂，梁柱還很穩，打掃裝潢一下就能住人了。」

更重要的是，這樣我就不用顧慮其他學生。

住在家裡時，我會憑藉前世的知識做各種魔法實驗和研究料理。有時也會用到危險的東西，是因為那棟房子地處偏僻，才有辦法做那種實驗。可是如果我住進有其他學生的宿舍就不能這樣了，去偏遠的地方設據點也很麻煩。

這裡離學校有段距離，其他學生也不太會接近，正好符合我的需求。這樣我就可以為所欲為，不會綁手綁腳的。

我和兩姊弟說明後，他們贊同地點點頭，提起幹勁。

「換個角度看，事情就會變得不一樣。來，先把這裡打掃乾淨吧。」

「可是灰塵好多耶？用掃的不知道要掃到什麼時候。」

「先隨便吹一下就對了。麻煩妳了，艾米莉亞。」

「交給我吧！」

調查內部時我把門窗統統打開了，因此我叫艾米莉亞用風屬性的初級魔法「疾風」從大門往裡面吹。

這個魔法只會喚來一陣風，不過只要注入魔力加強風勢，正好適合把灰塵吹掉。大概是因為校方覺得不會再用到這裡，推測被放置好幾年的建築物內雖然有架子和其他大型家具，卻幾乎沒有小型家具，所以吹得用力點應該也不會有問題。

艾米莉亞一使用魔法，暴風就把房子裡的灰塵捲走，從窗戶和其他有洞的地方吹出來。大量灰塵把風的顏色染黑，等到風恢復乾淨時，我叫艾米莉亞停止施法。

「艾米莉亞和我一起打掃裡面。雷烏斯在外面把礙事的雜草砍掉，讓環境看起來乾淨一點。」

「瞭解！我看這裡很有打掃的價值。」

「隨便弄一下就可以了吼？看我的！」

「發生什麼怪事或找到奇怪的東西，就向我報告。」

艾米莉亞受過媽媽的教育，打掃只是小事一樁，雷烏斯則是跟迪學過園丁的技術。只要講個大概就可以交給他們了吧。

裡面的灰塵大部分都清掉了，可是還有長年累積的汙垢和塵埃，我便拿布代替口罩，開始打掃。

對我們來說十分重要的廚房交給艾米莉亞，我先把感覺會用到的東西和可以再利用的東西聚集在一個房間，不需要的物品就丟到外面，之後再處理。

只要向鍛鍊過的身體施加「增幅」，家具一點都不重。我把桌腳腐朽的桌子搬到外面，看到雷烏斯精力十足地砍著雜草。

「喝啊啊啊啊啊啊啊——！」

雷烏斯速度很快，房子附近的雜草大多砍光了。

他像除草機似的跑來跑去拿劍狂砍，速度會快也很正常。

「麻煩你維持這個速度囉。」

「嗯！交給我吧，這也算在練劍！」

我留下信心十足的雷烏斯，回到屋內。

之後我們打掃了一段時間，等到城內響起正午的鐘聲才暫時休息。

艾米莉亞已經把廚房整理成可以用的狀態，但屋內環境還不適合讓人用餐，因此午餐我叫艾米莉亞在廚房煮好，再端到外面吃。

「十分抱歉，只做得出這種東西。」

「是我叫妳做的，妳不用在意。」

住在家裡時主要是我和迪負責做菜，艾米莉亞久違地有機會大顯身手，八成是想好好表現一番。

然而我們吃的卻是在旅途中吃過好幾餐的加工食品。附近就是城市還特地吃這種東西，是為了消耗剩下來的部分。

「嗯……吃得出妳有下工夫，很好吃喔。等家裡整理好再請妳做給我吃好了。」

「是！我會更努力的。」

我摸摸笑容滿面的艾米莉亞的頭。這時，比我們早吃完的雷烏斯望向通往學校的道路。

「大哥，好像有人來了耶？」

「嗯……只有一個人的樣子。似乎不是敵人。」

我也察覺到有人正在接近，便使用「探查」，偵測到的是我有印象的氣息。

從通往學校的坡道慢慢現出身影的人是……

「午安。好香的味道。」

「咦？是面試時的老師嗎？」

「嗯，是的。請叫我威爾老師。」

是面試時對我最有興趣的威爾老師。

暫且不論他之前釋放出的殺氣，威爾老師帶著面試時的清爽笑容走到我們面前，所以我先向他點頭致意。

「老師來這裡莫非是為了處理這棟木屋的事？」

「對喔！大哥他——」

「正是如此。真的很不好意思。」

威爾老師在雷烏斯插嘴前就向我致歉，雷烏斯頓時語塞，大概是太錯愕吧。

「剛才我問過負責接待的人。看來是古雷葛里擅自決定的。」

「意思是古雷葛里老師沒有知會您和其他老師？」

「是的，雖然這樣講聽起來不過是藉口，是那男人暗地動的手腳。這件事完全是我們的疏失。我立刻叫他收回命令，讓你搬回學校宿舍……」

「沒關係，我住這裡就行。」

威爾老師八成沒想到我會這麼說，一臉錯愕，不過下一瞬間就又恢復成認真神情。

「可是這裡離學校有段距離，我不認為會是適合居住的環境。」

「距離不是問題。這棟木屋也是，打掃、改裝一下就能住，而且我個人會想做些事，這樣對我來說正好。」

「打掃和改裝哪有那麼容易……」

威爾老師看到我們清理過的房子，這次真的愣在原地。

房子本身沒辦法，不過長滿雜草的周圍都已經清得乾乾淨淨。

「你們今天早上才到這裡對吧？竟然能在這麼短的時間內打掃成這樣……」

「因為過幾天才是入學典禮，我想在那之前整理好地方住。對了，我有件事想拜託您。」

「只要是我力所能及的範圍，你儘管開口。」

「謝謝您。其實我想請您允許我改裝這棟木屋，還有砍點附近的樹。」

有個人擅自把我趕到這種地方。就算我只是把環境整理得比較舒適，那傢伙感覺也會拿「不准動學校的東西」來找碴。

我向威爾老師解釋想砍樹是因為要拿來當建材，他立刻答應。

「我知道了，我會直接去和理事長說。理事長一定會答應，你大可現在開始動工。」

「真的嗎？謝謝您這麼快就幫我處理。」

「我們本來就該負責，你儘管自由使用這裡。由我保障你的權益。」

多麼令人心安的一句話。兩姊弟也高興地站起來，向威爾老師鞠躬道謝。

「謝謝您為天狼星少爺做這麼多。」

「謝謝！」

「還需要什麼東西嗎？木工工具的話可以借你。」

於是，我向威爾老師借了鐵鎚和釘子等工具。不過這棟木屋是學校的設施，校方提供資源也很正常。

威爾老師之後又問了我們幾個有什麼需求，準備回學校辦手續時，雷烏斯叫住他：

「威爾老師，為什麼古雷葛里……老師不喜歡大哥啊？」

「……雖然講學校的黑暗面不太好，但你們是受害者，就告訴你們吧。那個人覺得世上最重要的就是貴族的榮耀，平民就該乖乖待在底層。」

聽威爾老師說，那名老師認為身分是最優先的，討厭平民反抗貴族和從底層爬上來。他深信像我這種無屬性的人是金字塔最下層的居民，因此就是看我不順眼。

除此之外還極度討厭獸人，威爾老師便提醒姊弟倆要多加留意。

「傷腦筋的是，即使是那種人，在艾琉席恩也稱得上是屈指可數的貴族，沒辦法輕易開除他。所以有什麼事就立刻跟我報告。」

威爾老師好像也很困擾，講話越來越直接，看來真的該離那人遠一點。

「瞭解。我會多小心古雷葛里老師。」

「也要小心其他傲慢的貴族喔。還有，你要不要幫這棟木屋取個名字？」

「本來沒有名字嗎？」

「這裡以前是給在附近做魔法實驗的人休息的地方，本來就沒有名字。」

我們整修這棟建築物就代表讓它重生，因此威爾老師才會問我們要不要成為幫它命名的主人。

「沒有名字確實很不方便。既然如此……叫『鑽石莊』如何？」

「哦……這名字有由來嗎？」

「我聽說鑽石是非常有價值的透明寶石。我也想像它一樣。」

「……不錯的名字。那我就去辦手續了。」

威爾老師轉身準備離開，最後回過頭……

「我認為你的價值是鑽石無可比擬的。再會……」

然後帶著依然爽朗的笑容離去。

看來他真的挺喜歡我們的。

覺得自己有錯的話，就算是對我們這些小孩他也拉得下臉道歉，是個和無腦貴族不一樣的正常人。

他也沒理由陷害我們，我想威爾老師大概是在享受這個過程吧。

因為我在他清爽笑容的底下，看到拚命忍住的笑意。

更重要的是……在這麼近的距離接觸威爾老師，我確信了。

我從他身上感覺到的氣息……和菲亞很像。該說是妖精特有的氣味和氛圍嗎……總之我覺得他是妖精族。

面試時感覺到的強者才釋放得出的殺氣，又是妖精族……

「羅德維爾理事長……」

「對啊大哥，只要拜託理事長就能放心了！」

「我好高興有人為天狼星少爺著想！」

這兩隻好像沒注意到……理事長是不想被人發現才喬裝，還是不要說好了。

之後，姊弟倆哼著歌繼續工作，大概是因為有願意肯定我的人，他們很高興吧。

太陽開始下山，天空染上一片橘紅時，我決定今天的工作到此結束。

整棟房子是大略打掃好了，可是家具還沒湊齊，尤其是床，就算有床板也沒棉被可以鋪。

「沒辦法。雖然不太好意思，今天就住老闆娘那吧。」

還得去城裡添購一堆東西，順便問問看她能不能分棉被給我好了。

至於這棟房子——鑽石莊坑坑洞洞的牆壁就明天再弄吧，屋頂可以不用處理。

牆壁的材料從附近的森林砍，再用雷烏斯的劍切成適當大小，放在庭院。還含有水分的木頭不適合當建材，明天得畫個產生熱能的魔法陣烘乾它。

頭。

我一邊思考之後的行程，一邊走向旅館，走在前面的雷烏斯帶著燦爛笑容回過

「房子要修修補補是很累人沒錯，不過好期待喔！」

「呵呵，對呀。像在蓋自己的家。」

艾米莉亞也笑著附和雷烏斯，看這情況，他們果然打算跟我一起住在鑽石莊。

兩人是我的隨從，和我住在一起也很正常……但這樣我會有點傷腦筋。

「艾米莉亞，雷烏斯。你們在旅館吃完晚餐就要回宿舍去喔？」

「咦!?」

他們大為震驚，一副不敢相信的樣子，可是姊弟倆現在有宿舍可以住。

有地方住卻要陪我待在鑽石莊，這樣沒辦法認識年齡相近的人，也交不到朋友。這裡已經不是以前封閉的家，而是外面的世界，得和多一點人相處，接觸人群、融入社會。

如果賺不到學費，他們住在城裡也就算了，校內和宿舍裡有很多貴族和其他學生，應該不會危險到哪去。

「你們和我不一樣，有地方可以住不是？」

「是、是這樣沒錯，可是我們該待的地方就是您身邊。」

「對啊，我也最喜歡和大哥在一起。」

關係太親密害他們離不開我。我得狠下心來拒絕他們。

「聽好囉，你們進入這所學校就讀，分到了宿舍。所以不住在那裡是不行的。」

「可是……大哥不在那裡。」

「我就在附近啊？你想想，跟我去找爺爺的時候一樣嘛。」

「我……想照顧天狼星少爺。」

「我很感謝妳的心意。不過我希望你們和各式各樣的人交流，不要只待在我身旁。住進宿舍應該會有室友，要跟人家好好相處喔。」

「……萬一那傢伙是個爛人怎麼辦？」

「不用客氣，儘管揍他一頓。因為你們現在分得出善惡，也強到不會輸給壞人了。」

姊弟倆聽我的教誨聽得兩眼泛淚，不久後，艾米莉亞緩緩點頭。沒錯，做姊姊的得當弟弟的榜樣才行。

「您不會擅自跑不見吧？」

「要出遠門時一定會和你們說。」

「只要不妨礙到您，可以跟您待在一起吧？」

「那當然。不如說之後還得訓練你們，你們不待在我旁邊可不行呢。」

「……我明白了。我們回宿舍去。」

「姊姊？」

「繼續耍任性只會給天狼星少爺添麻煩。況且，這是我們必須經歷的事。既然如此，我要做的只有回應天狼星少爺的期待。」

艾米莉亞好像理解我的意圖了，看到姊姊這樣，雷烏斯也用力點頭。

「……知道了。我也會加油！」

「嗯，很好！」

總是跟在我後面，無論何時都以我為優先的兩人，向前邁進了一小步。

說實話，我也有點寂寞……但我得祝福他們才行。

於是我伸出手，愛憐地撫摸兩位弟子的頭。

《朋友》

過了幾天……

我們新生在學校最大的講堂集合，參加入學典禮。

『你們想在學校學到什麼？我想每個人都不一樣。不過，我最希望你們學到的就是正確使用知識的心。』

擁有妖精特有的神祕氛圍及長耳的妖精族青年——羅德維爾站在講臺上，向新生打招呼。順帶一提，他的聲音之所以能傳遍廣闊的講堂，是因為他對自己的聲音用了風魔法「回音」。

羅德威爾外表看起來是二十歲左右的正直青年，其實已經四百歲以上了。在人稱長命種的妖精界中，差不多快邁入中年的樣子。

說起來，羅德維爾是什麼人？

他是學校的理事長，人稱「魔法大師」，梅里菲斯特大陸上無人不知無人不曉的最強魔法師。

本來每個人只會有一種屬性，他不只有三種，還會使用可以呼風喚雨、引發地震改變地形的強力魔法，以及龐大的魔力量，連唯一不是他的屬性的火屬性魔法，都鑽研到上級魔法的境界。

許多人是因為崇拜羅德維爾才入學，臺下的新生幾乎都對臺上投以尊敬的目光。

『各位在這裡學到的魔法與技術，想必會在各種地方派上用場，說實話，就是可以輕易威脅他人、奪人性命的東西。請各位銘記在心。』

羅德維爾在無數新生的注目下繼續致詞，他的身影和為了展示威嚴而釋放出的魔力，使我確信了。

「這樣當然沒人看得出來。他的喬裝完美無缺。」

不只是聲音，獨特的長耳也不知道用了什麼方式藏住，外表完全不同，難怪沒人發現威爾老師就是羅德維爾。

突然被理事長盯上這件事令我意外。算了，至少他不是敵人，只是樂於觀察我們，隨便應付他就行了吧。

「呼啊……」

「好可愛的哈欠，艾米莉亞。昨晚熬夜了嗎？」

「啊!?那、那個……是的。其實昨天我在和室友聊天，不小心就……」

我小聲詢問害羞的艾米莉亞，看來她跟室友處得不錯。

其實艾米莉亞的室友好像入學典禮前天才搬進宿舍，昨天她們是第一次見面。對方是人類，聽艾米莉亞說是個對待獸人也不會改變態度的溫柔女孩。

「她叫莉絲，是個漂亮的藍髮女孩。」

「妳已經交到朋友啦。太好了。」

「是的，莉絲是我的朋友。」

看到艾米莉亞笑得這麼開心，她在宿舍應該過得挺不錯的。嗯……光是這點來學校就值得了。

我望向坐在另一邊的雷烏斯，一名長著狐耳和狐尾的少年拍拍他的肩膀。

「大哥，不可以睡啦。」

「嗯？喔，抱歉抱歉。」

這名狐尾族少年叫作羅，據他所說，他好像是雷烏斯的小弟。

他是雷烏斯的室友，雷烏斯一搬進宿舍，羅就跑去找他碴，結果被一拳打倒他的雷烏斯迷住，拜託他收自己當小弟。

雷烏斯把他介紹給我認識時，我整個說不出話來。

『初次見面，我叫羅，是雷烏斯大哥的小弟。請您多多指教，大哥！』

『只有我能叫大哥大哥！還有，你是我的小弟，所以也是大哥的小弟喔？』

『對、對不起！請您多多指教，老大！』

……一入學我就莫名其妙多出個小弟。

可是羅非常會看氣氛，除非有必要否則不太會接近我們，雷烏斯大概也有交代過他。羅很適合用「小弟」這個詞描述，當事人自己也挺滿足的，所以我決定不去在意。

至於我住的鑽石莊，這幾天下來幾乎整修完畢。我用剩下的建材做了架子和家具，在可以負擔的範圍內去城裡買齊生活必需品，現在那裡可是舒適的好地方。空房間還有剩，到時再想想要怎麼利用。

『我想告訴各位的就是這些。接下來就大略說明一下學校課程吧。第一年是——』

把理事長的演講歸納一下重點，這所學校的教育課程是五年制。頭兩年所有人上的課都一樣，第三年開始可以自己選擇專業領域研習。學校有以四屬魔法為中心的各種課程，雷烏斯預計去念劍術科，艾米莉亞是風魔法科，我是製作魔導具的魔法技師科。

『接下來請各領域的老師對新生說幾句話。首先是土魔法專家麥格那老師。』

之後，理事長一個個介紹專門研究各個領域的老師們，可是當一名男人披著繡上紅黃兩色絲線的斗篷站到臺上時，講堂的氣氛就瞬間變了。

『我是專攻火屬和土屬魔法的古雷葛里。是擁有兩種屬性的雙屬性，高貴的貴族。立於獸人與庶民之上的貴族們啊，想要力量就到我這裡來吧。我將賭上家名讓你們變強。』

大部分的新生都不知所措，部分貴族卻開始鼓掌。

那男人到底在想什麼？如此堂堂正正地昭告天下，反而讓我心生佩服。仔細一看，理事長也在嘆氣，一臉無奈，看來他真的是個很難搞的貴族。

「……我絕對不會忘記他找大哥碴。」

「冷靜點。別看他那樣，人家可是上流貴族，不許胡來。」

我一邊安撫狠狠瞪著臺上的雷烏斯，一邊觀察古雷葛里，他的眼神充滿自信，對自己的所作所為毫不懷疑。這人沒救了。

『那麼入學典禮到此結束。請在外面的分班表確認班級後到教室集合。』

就這樣，入學典禮在微妙的氣氛下結束。

走出講堂後，就如同理事長說的，有個大看板貼著新生分班表。

離每班的集合時間還有一段空檔，所以新生們有各式各樣的反應，有的一確認班級就馬上前往教室，有的和朋友聊天，有的則向附近的老師提問。

我和艾米莉亞一面等待去看分班表的雷烏斯回來，看著這副景象。

「希望能和天狼星少爺同班……」

現在在這裡的新生和我旁邊的艾米莉亞，穿的都是學校指定的制服。學校規定除了實技測驗和特別活動外，都得穿這件制服。

制服穿起來很舒適，乍看之下是毫無防禦力的普通服裝，但它其實是用稀少的魔法絲做成的特殊制服，不僅刀槍不入，注入魔力還會變堅固，是連中級魔法都防得住的高性能防具。

在城裡也可以穿，不過帶到城外就會違反規定。

「……天狼星少爺，您怎麼了？有什麼令您擔憂的事嗎？」

「沒有……我只是在想女僕裝固然不錯，制服也很適合妳。很可愛喔，艾米莉亞。」

「真的嗎！我好高興！」

艾米莉亞轉了一圈，露出燦爛笑容，銀色長髮於空中飛揚。

嗯，撇除掉我對徒弟的私心，我還是會覺得她可愛。

學校裡面有很多女生，即使如此，我仍然認為艾米莉亞是最可愛的。

艾米莉亞本來就長得好看，再加上一頭閃亮的銀髮，以及以這個年紀來說稱得上發育旺盛的胸部，讓她集眾人注目於一身。事實上，好幾個路過的男生都會看她，連女生都被她漂亮的銀髮吸引住的樣子。

「話說回來，那女孩是叫莉絲嗎？如果她在附近，希望妳幫我介紹一下。」

「那個……她今天早上被家裡叫回去，所以沒辦法來學校。」
「竟然不能參加入學典禮，是很嚴重的問題嗎？」
「我也不太清楚，但她笑著叫我不要擔心，學校也允許了。」
沒辦法，本來還想和艾米莉亞的朋友打聲招呼。不過……
「學校允許了啊……意思是那孩子是貴族──」
「噢，原來你們在這。」
背後傳來熟悉的聲音，我回頭一看，是羅德維爾扮成的威爾老師。
上次見到威爾老師是為鑽石莊命名的隔天，他過來告訴我們校方同意我們的要求。他還是一樣帶著和藹笑容。
「您好，威爾老師。之前謝謝您了。」
「不會不會，我也沒做什麼。鑽石莊現在怎麼樣了？我有很多事要處理，所以沒空去看一下。」
「牆壁已經換新，整修到可以居住的狀態。過幾天我會歸還您借給我的工具。」
「原來如此。那棟廢屋已經能住人啦。你真是個有趣──咳咳，令人期待的學生。」
建築技術在這個世界是重要的維生手段，工人只會把技術傳給自己的徒弟，我這個平民兼小孩卻動手自己整修鑽石莊，因此威爾老師好像很感興趣。順帶一提，我是因為上輩子幫忙振興戰亂地區時蓋過房子，才懂得整修房子的技術。太專業的部分當然沒辦法，簡單的木屋倒是蓋得出來。

「雖然事到如今才講這個沒什麼意義，鑽石莊和學校宿舍不同，不在校方的警備範圍內。可否請你體諒一下？」

「沒關係，我打算設置一些陷阱，怕被偷的東西也會做好防盜措施。」

「看來我白擔心了。不過，請不要做得太過火喔。」

其他人可能會覺得我們師生在談天說笑，其實對話內容還挺陰險的。

也就是說，如果有無腦的人攻擊鑽石莊，我可以不用客氣，直接擊退他們。事不宜遲，今天就開始動工吧。要把威力控制在不會出人命的程度雖然有點麻煩，我還滿喜歡計畫性地設置陷阱。

「有什麼事就告訴我和麥格那老師。再見。」

威爾老師離開後，人群間傳出雷烏斯宏亮的聲音。

「大哥——！姊姊——！我們同班喔——！」

雷烏斯回來告知我們的班級叫「卡拉利斯」，班導好像是麥格那老師。

三人同班的機率雖然不算非常低，剛才威爾老師叫我們有事就向麥格那老師報告，我看八成是理事長幫忙安排的。

能分在同一班當然很好，我就收下他的好意吧。

我讓歡欣鼓舞的姊弟倆冷靜下來後，陪他們一起走向指定的教室。

新生被分在以偉人名字命名的數個班級。

除了我們班卡拉利斯外，還有艾歐恩、貝加雷特等等，一個班級大概三十人左右。

教室呈現扇形，越後面的座位越高，是上輩子的大學常見的設計。我們抵達教室前面時，大部分的學生好像都進去了，站在走廊都聽得見談話聲。

我們一走進去，學生們就停止喧譁，視線集中在我們身上。

「哦……教室挺大的耶。姊姊，我們該坐在哪裡？」

「聽說可以自由入座。天狼星少爺，那裡有空位。」

我們走向艾米莉亞說的倒數第三排的空位，途中聽見附近的人在交頭接耳，看來我們成了話題中心。

謠言內容五花八門，有人說我們會使用從未見過的魔法，有人說我們擁有深不可測的魔力量，不過也有人在討論無屬性和無色。

大概是和我一起面試的人洩漏的。我懷疑是那個低能貴族或古雷葛里。

可是大家總有一天會發現，所以我並不在意，坐到位子上。等我入座後，雷烏斯就坐到我右邊，艾米莉亞是左邊。這是兩姊弟決定的固定位置。

過沒多久，空位幾乎都被坐滿，學生到得差不多了，因此我重新觀察四周，人族和獸人的比例及男女比例大約一半一半。疑似貴族的學生沒幾個，看來我們班應該是平民較多的班級。

我一邊思考一邊觀察，這時三名男學生突然站到我們面前。

中間的紅髮男子不顧納悶的我們，向艾米莉亞優雅行了一禮。

「這位銀髮的小姐，可以請教妳的芳名嗎？」

「你們幹麼？找姊姊做什麼！」

「獸人給我閉嘴！馬克少爺在說話耶！」

「你說什麼！」

雷烏斯比艾米莉亞還要早回話，結果被在紅髮男子身後待命、疑似隨從的男生罵了一句。你們怎麼無視當事人自己吵起來了？我和紅髮男子都嘆了口氣。

「喂，雷烏斯。安靜一下，人家不是在和你說話。」

「你們也冷靜點。身為我的隨從，別把氣質跟禮節拋到腦後去了。」

從他的外表和氣質我就猜到了，這名男性果然是貴族。

一頭宛如烈焰的紅色短髮與端正的相貌，以及光是站在那裡都會散發出來的氣質，將來八成會被人喚作王子殿下。

王子殿下為隨從的不敬向我們道歉，再次詢問艾米莉亞：

「我的隨從失禮了。重新請教一次，方便告訴我妳的名字嗎？」

艾米莉亞往我臉上看過來，我點頭示意「無妨」。

「我叫艾米莉亞……我也可以請教您尊姓大名嗎？」

「妳這傢伙！竟然不認識馬克少爺，真是太失禮了！」

「你們退下。我叫馬克‧赫爾提亞。是高貴的赫爾提亞家的次男。」

名為馬克的男子優雅一鞠躬。

先不論他的隨從，他跟我們見過的貴族不一樣，挺重視禮節的樣子。目前我遇過的貴族全是自以為是的人，所以他讓我覺得非常稀奇。

「謝謝您如此有禮。請問您找我有什麼事嗎？」

「簡單地說，是來提出邀請的。看到妳的動作和姿勢，我發現妳有成為優秀隨從的才能。那頭魅力無窮的銀髮與氣質……實在太棒了。可以的話，能否請妳成為我的隨從？」

「我拒絕。」

「區區獸人竟然有這個榮幸讓馬克少爺親自——妳說什麼？」

「我說我拒絕。」

艾米莉亞毫不遲疑。

兩位隨從忿忿不平地嘖了一聲，大概是沒想到艾米莉亞會拒絕。

「馬克少爺，這個獸人竟敢反抗身為貴族的我們。」
「最好讓她搞清楚自己是什麼身分。」
「我叫你們閉嘴。如果方便，可以告訴我原因嗎？」
「我已經擁有要侍奉一輩子的主人。這就是原因。」
「已經有主人了？莫非是……旁邊這位？」
「是的。這位正是我的主人天狼星少爺。」
艾米莉亞刻意起身站到我左後方。
馬克見艾米莉亞一臉得意，無奈地嘆息出聲，接著看向我。
「你就是艾米莉亞同學的主人？不好意思，希望你告訴我你的名字。」
「我嗎？我叫天狼星・提切爾。」
「提切爾……沒聽過呢。是從外地來到艾琉席恩的貴族嗎？」
「不，我不是貴族，是平民。她是因為崇拜我才認我為主。」
「一介平民竟敢有隨從!?笑死人了，快點下令把她獻給馬克少爺！」
「等一下。這傢伙該不會是傳聞中的無色？」
聽見「無色」一詞，附近的人都騷動起來。
應該是因為就算聽說我是無屬性，他們也不敢來問我吧，畢竟是初次見面的人。大家肯定都很想問這個問題。

證據就是教室中的每對眼睛和耳朵都在注意這裡。

「我不是很清楚你說的傳聞是什麼，但我確實是無屬性。怎麼了嗎？」

「馬克少爺已經學會中級魔法『火焰槍』。不會用魔法的無能為什麼會在這裡？」

「八成是給了學校不少錢吧。不對，庶民才沒那麼多錢。」

我的左邊和右邊開始冒出殺氣，這兩個人卻完全沒意識到。我按住快要忍不住跳出來的兩人的頭，鄙視眼前的兩位隨從。

「若是你們的馬克少爺也就罷了，我不覺得身為隨從的人，有資格對我品頭論足。」

「你說什麼！我們是馬克少爺的隨從沒錯，同時也是住在艾琉席恩的貴族喔？」

「不會用『火焰槍』怎麼可能進得了這所學校。而會用那個魔法的人是馬克少爺，不是你們。」

「隨從讚頌主人的偉大有什麼不對？我們可是馬克少爺忠心的僕人！」

「這麼忠心怎麼不聽主人的話呢？馬克少爺剛才不是叫你們閉嘴嗎？」

兩人無言以對，只能默默瞪著我。

「到此為止。他說的沒錯，看來你們別說隨從了，連貴族該怎麼當都不明白。」

「可是馬克少爺！被這種賤民講成這樣，我無法忍受！」

「我也覺得你們有錯。雖說是基於父親的命令，你們現在已經是我的隨從。別再繼續丟人現眼。」

主人都這麼說了，他們也不好再多說什麼，只得心不甘情不願退到後方。

牽扯到自己人還能下達公正的判斷加以斥責，不只是禮節，他的個性似乎也挺正直的。雖然也是因為這次明顯是他們理虧。

「真的很抱歉，天狼星同學。我並非要找藉口，不過他們是最近才成為我的隨從。」

「我不在意，但我們家的隨從也會失控，請您留心。」

我講話時也一直在摸兩姊弟的頭，所以他們已經忘記憤怒，開心地搖著尾巴。看這軟綿綿的表情，任誰都想不到數秒前他們還在釋放殺氣。

「老師好像差不多要來了，恕我先失陪。」

「您放棄艾米莉亞了？」

「她已擁有宣示永遠效忠的主人，我的尊嚴不允許我強人所難。等到我變有名，變得比你還要有魅力時，我再來找她。」

他轉身離去，優雅坐到位子上，怎麼看都是個王子。

相對地，兩位隨從臨走前還瞪了我一眼，可是不知禮教的人的威嚇一點都不可怕。等等要乖乖聽主人說教喔。

「我才不會被天狼星少爺以外的人迷住……」

「我也會永遠跟隨大哥……」

被我摸過頭的姊弟……連語氣都變得軟綿綿的。

這表情實在不能讓別人看見，所以我輕輕拍了下他們的頭重新開機，這時教室的門打開，班導麥格那老師走進來站到講桌前。

「看來大家都到齊了。我是卡拉利斯的班導麥格那。請大家多多指教。」

麥格那老師身穿材質和制服一樣的長袍以及繡黃線的斗篷，是名年紀四十出頭的男性。儘管沒有理事長那麼厲害，他也散發出高手特有的氛圍，察覺到它的學生們便自然安靜下來。

「我的話之後再介紹，應該先瞭解一下要相處好一段時間的同學們。麻煩大家做個簡單的自我介紹，從坐在第一排的那位獸人同學開始。」

之後大家開始輪流自我介紹，內容包含自己的種族和來上學的理由，每個人的自我介紹都不一樣。

輪到我們時，先由雷烏斯自我介紹。

「我叫雷烏斯。種族是銀狼族，是坐在我旁邊的大哥——天狼星少爺的隨從。擅長劍術，屬性是火。請大家多多指教。」

我本來還在擔心他會不會亂講話，不過雷烏斯參考其他學生，做了相當安全的自我介紹。雖然有點零散，同學們都紛紛鼓掌，好像挺歡迎他的。

接著輪到我了……

「我叫天狼星。種族是人族，屬性如大家所知，是無屬性。兩年後的專門學科我想研究魔法陣，學習製作魔導具。」

我在最後一鞠躬，同學們卻一副不知道該如何是好的樣子。

在這微妙的氣氛中，輪到艾米莉亞自我介紹，她照媽媽親自傳授的方式行了一禮，學生們的視線就全都固定在她身上，彷彿被她深深迷住。

「我是銀狼族的艾米莉亞。屬性是風，和弟弟雷烏斯一起侍奉天狼星少爺。我的身心都已經奉獻給天狼星少爺了，請各位見諒。」

她露出優雅微笑，扔下一顆炸彈。

在同學們的交頭接耳聲中，我使眼色問她這是什麼意思，艾米莉亞只是滿足地點了下頭。為何要在公共場合講這種話？

恐怕是……想讓大家注意自己，把他們的注意力從我身上引開吧。多麼偉大的忠誠心。我的隨從真了不起。

「呵呵……這樣一來我就公認是天狼星少爺的人了呢。」

……嗯，我想也是。

算了，這樣就不會有怪人接近艾米莉亞了吧……大概。

在那之後，沒有人的自我介紹比艾米莉亞還要有衝擊性，大家的自我介紹都平安結束。

接著進入短暫的休息時間，數名學生在麥格那老師走出教室的瞬間跑到我們旁邊。

「艾米莉亞的銀髮好漂亮唷。皮膚也好好，真令人羨慕。」

「妳剛剛說的身心都奉獻給他是什麼意思!?妳是他的奴隸嗎？」

「你說你擅長劍術，等等跟我比一場吧。」

「欸欸欸，你真的是無色嗎？」

「沒有擅長的屬性很辛苦吧？虧你有辦法進到這所學校。」

貴族學生只是遠遠圍觀，不過大概是因為平民較多吧，我們班好像滿多好奇心強烈的人。

在回答大量問題的期間，我發現大家好像以為我雖然是無屬性，在經歷會讓人吐血的嚴苛訓練後終於進到這所學校，是個努力的人。

我確實做過辛苦到讓人吐血的訓練，所以也不能說錯啦。

今天是開學第一天，因此沒有上課，只有聽麥格那老師介紹入學典禮沒提到的細部課程和校內設施。

老師離開教室時，傍晚的鐘聲差不多快響起了，之後是學生的自由活動時間。

有的學生一邊討論晚餐要吃什麼，一邊走向食堂，也有留在教室聊天的人。

順帶一提，早餐和午餐基本上都是在學校食堂吃，晚餐則比較自由，可以回宿舍自己煮或是去城裡解決。

「天狼星少爺，您今天預計的行程是？」

「這個嘛，一樣是想充實鑽石莊的設備。」

有自己的房間和廚房已經足矣，但我想把其中一間空房改裝成浴室，鑽石莊也還有很多要處理的部分。因此我想直接回去，艾米莉亞卻愧疚地低下頭。

「對不起，天狼星少爺。我想先回房間看看莉絲在不在，會稍微晚一點。」

「別在意。那我和雷烏斯先回去休息。」

「大哥！抱歉！」

雷烏斯也跟著低下頭。這時教室門口傳來呼喚雷烏斯的聲音，我轉頭看過去，數名獸人單手拿著木劍向雷烏斯揮手。

看這個狀況大概是想找雷烏斯切磋。不錯嘛。

「他們說想跟我比一場，不小心就答應了。我馬上拒絕——」

「等等。我之前不是說過，和其他學生交流也很重要嗎？你就去吧，別管我。」

「大哥……知道了！我會一擊打倒他們然後馬上過去！」

「不用急。記得看清對手的力量，適度手下留情喔。」

「好！」

他真的有聽懂嗎？儘管有些不安，那些人裡面沒有貴族，應該不會有事吧。

雷烏斯跑向獸人們，邊和他們聊天邊離開教室，艾米莉亞也回宿舍去了。

在我站起來準備回去時，馬克過來和我搭話。

兩位隨從好像不在，看來跟我一樣。

「天狼星同學也要回去嗎？」

「是的。如您所見。」

「哈哈哈，我雖然是貴族，但在學校大家不都該一視同仁嗎？剛才我忘記說了，如果你能把我當一般人對待，我會很高興的。」

「……知道了。是說馬克少爺，你的隨從呢？」

「不用叫我少爺啦。他們倆說有急事，先回去了。我覺得可疑到了極點，打算之後再問他們。」

「馬克也很辛苦呢。這樣講或許有點失禮，為什麼要收那兩個人當隨從？」

他們雖然自稱馬克的忠僕，講的話和做的事卻完全兜不上邊，只會擺出一副高人一等的樣子，怎麼看都不像僕人。馬克為什麼會帶著這種人？

「他們是我的隨從，也是赫爾提亞分家的人，所以身分屬於貴族。不過地位非常低啦。」

根據馬克詳細的說明，那兩人的父母好像命令他們巴結馬克，多少提升一下自己家的地位。起初馬克是拒絕的，但對方畢竟是分家，不能不把人家放在眼裡，他便同意讓他們當自己的隨從一段時間。

同為赫爾提亞家的貴族，馬克想矯正他們扭曲的觀念，卻看不出任何成效。

「……跟我講這種家務事好嗎？雖然是我主動問起。」

「沒關係。他們之前就有過好幾次不符合貴族身分的行為，但今天這件事特別誇張。我再也不會對如此粗鄙的人手下留情。所以要是他們對你做了什麼，希望你立刻告知。我會給他們應有的懲罰。」

「好，我會的。」

之後我跟馬克道別，目送他離開，才踏上通往鑽石莊的歸途。

不需要趕時間，姊弟倆應該也要過一陣子才會來，因此我悠閒地走向鑽石莊。搬進鑽石莊後，最近一個人的時間增加了……不過對姊弟倆來說這是件好事，應該為他們高興才對。

我感到淡淡的寂寞，不斷向前走，穿過宿舍準備踏進山路時察覺到他人的氣息，停下腳步……

「……找我有什麼事？」

「區區無能還挺敏銳的嘛。」

從路旁的樹叢間走出來的，是馬克的兩名隨從。

他們狠狠瞪著我，看來不是來跟我交朋友的。

「氣息這麼明顯，任誰都會發現。請問有何貴幹？不會是來這玩耍的吧。」

「廢話！給我立刻命令那個亞人跟隨馬克少爺，這樣我就對你那失禮的態度睜一隻眼閉一隻眼！」

「我拒絕。她都說不願意了，我只是尊重她的意見。」

「誰管你尊不尊重。要是敢拒絕，小心我給你好看喔？」

他一講出這句話，兩名手持木劍的男學生就走出樹叢。

我沒看過他們，是別班的學生嗎？

不過他們看起來一點罪惡感都沒有，顯然是這兩人的同類。

算了，多一點人要對付也沒差。比起這個……

「為什麼要做到這個地步？你們覺得做這種事馬克會高興嗎？」

「囉嗦。我們得盡量討好那傢伙啊！」

「那傢伙難得對其他人這麼感興趣。他嘴上說不強求，但把那個亞人帶過去八成會樂到極點。」

為了討好馬克，他們還真拚命。把努力用在其他地方不就得了嗎……真是太傻了。

「畢竟她雖然是亞人，長得倒挺可愛的嘛。到頭來那傢伙也是個男人。」

「亞人我不行，長得再漂亮都一樣。」

「是嗎……」

札克說的厭惡獸人的貴族，就是指這種人吧。

我開始不耐煩了。他們明顯是來威脅我的，我也沒打算聽話。

我默默做起暖身運動。

「快點把那個亞人叫來──喂，你在幹麼？」

「暖身。」

再說，要威脅人就不該悠悠哉哉地閒話家常，要先讓對方失去行動能力，取得絕對優勢後再威脅。以為自己人數多就贏定了，還呆呆看著我讓身體做好準備，不難推測出他們一點戰鬥經驗都沒有。

「喂，難道你想一個人對付我們？」

「不愧是無能。腦袋裡想的事也很無能。」

由於與貴族為敵之後會很難處理，我不太想跟他們扯上關係，但馬克好像已經放棄這兩人，打倒他們也無妨。

更重要的是，他們用「亞人」這種對獸人的蔑稱稱呼可愛的艾米莉亞。不能饒恕。

我看著面帶低俗笑容的那群人，輕輕招手叫他們進攻。

「你們猜得沒錯。不用客氣，放馬過來。」

「嘖，這個死無能！」

只有兩名拿木劍的男人像在遵守先後順序般朝我衝來，大概是太小看我吧。率先接近我的男人揮下木劍，我側身退一步閃避後，一拳揍向對手的心窩。

「什──!?可惡！」

在那個被我打中心窩的人倒下來前，我已經準備使出下一招。

我抓住從男人手中滑落的木劍，瞬間扔向緊逼而來的另一個人。

對手想必受過訓練，反射性擋掉木劍，但在他注意力被木劍吸引住時，我已經以最短距離移動到他背後。

在他眼中我應該與消失無異。

「!?跑哪去了──」

「在這。」

我直接從身後勒住脖子，制住了他。

雖然不是正確的技名，但說成「鎖喉固定技」應該會比較好懂吧。中了這招豈止是難以脫身，只要再用兩隻腳纏住軀幹，對方幾乎是無計可施。

然而這次我必須手下留情，所以只有勒住脖子，男人卻開始掙扎，也許是發現我在慢慢增強力道了吧。

「想要我放手嗎？」

我在他耳邊輕聲詢問。

即使他想回答，脖子被我勒住也發不出聲音來，只能稍微動動脖子，像在點頭似的。這段期間，剩下兩名隨從只會在旁邊罵我卑鄙，完全沒有進攻的跡象。他們好像誤以為我是想抓人當人質。

竟然說我卑鄙……這句話原封不動地還給你們。

「想要我放手就拍我的手。不過──」

我話都還沒講完，那人就拍了下我的手。你們得意洋洋地來找我碴，卻這麼沒毅力？但我答應在先，便放開他的脖子，男人立刻轉身揮下木劍……

「你這蠢──呃啊!?」

我在他轉身途中絆向他的腳。這人動作大，所以行動很好預測。

然後拾起掉在地上的木劍……朝摔倒的男人臉上用力一刺。

「咿!?」

當然不是真的要刺他。

雖然有點擦到他的臉，但劍尖刺中的是旁邊的地面。在木劍深深陷進地面的那一刻，他應該就知道我有多認真了。

「……沒有下次囉。」

「遵……遵命……」

我接著凝視他的雙眼釋放殺氣，對方就怕得完全僵住，一動也不動。我好像有點做過頭，但對於這種無腦的人，恐懼是最能讓他們記住的。短期內他們不會敢再對我出手。

「喂、喂……怎麼回事？」

「我們竟然輸給無能……！」

轉眼間就有兩個人失去戰鬥能力，兩名隨從徹底慌了。

「我來牽制那傢伙，你用魔法幹掉他。這樣總比輸了好！」

「瞭解！」

看到他們當著敵人的面光明正大討論作戰計畫，我無言以對。這時其中一人衝過來往我臉上揮拳，被我閃了過去。要直接攻擊他漏洞百出的腹部也是可以，但我有點好奇他們要用什麼魔法，便一直閃躲拖延時間。

「嘿！怎麼沒剛才那麼囂張啦！」

這人動作不錯，可能有學過格鬥術，不過和雷烏斯與萊奧爾比起來仍顯青澀。

我從容不迫地閃開攻擊，這時待在後方的男人終於念完咒文。

「……將火焰化為箭矢射出……『火箭』。」

他用的是介於初級到中級之間的火魔法。

這是讓火焰化為一支小小箭矢的魔法，殺傷力並不高，然而直接命中的話，可能會因為燒燙傷和衝擊導致重傷，不是能隨便對人使用的魔法。

不斷攻擊我的男人在另一人使出魔法前跳到旁邊，試圖躲避，卻被我抓住領口朝「火箭」扔去。

「呃!?」

「快住——」

已經使出來的魔法不可能收回，男人與「火箭」在半空中相撞，發出輕微爆炸聲，被轟飛的男人華麗地摔落在地。

正常來說想必會身受重傷，可是我們穿的制服魔法防禦力高，「火箭」這種程度應該只會留下輕度燙傷和瘀青吧。

「該死！我在此祈願，賜予我火之化身的巨大力量——」

已經沒人可以保護自己，那人卻重新開始念咒，大概是慌張到無法理解現狀。因此我衝向毫無防備的男人，輕輕拍打他的臉頰。

「啊!?你在做什麼！」

「沒什麼，因為你漏洞百出。」

「無能給我滾開！只要被我的魔法打中，你這種貨色——」

「衝擊啊……『衝擊（Impact）』。」

在眼前射出的衝擊彈擦過男人的臉頰，把他身後的樹木轟出一個大洞。男人因爆炸聲回過頭，看到樹上的洞便瞠目結舌，彷彿不敢相信自己看到了什麼。

「這是……什麼東西？」

「接下來就輪到你的肚子，還是要臉？」

「你、你以為……做這種事，不會有人找你算帳嗎？」

「先威脅的是你們。況且萬一你們的主人馬克知道這事，你覺得他會有什麼反應？」

要是馬克知道他們幹了這種愚蠢勾當，以他的個性絕對會生氣。

男人意識到這點，緊緊皺起眉頭。

「再說，你該怎麼報告這個狀況？四名有武器的人打輸手無寸鐵的無能……你要這麼宣揚嗎？」

「唔……唔唔……」

「不論如何，只要這件事傳開，你們的地位八成會掉到谷底。貴族會恥笑你們輸給無能，平民會鄙視你們耍了奸計還敗給我。」

「混……混帳東西！」

男人痛苦地往我臉上揍過來，由於他的攻擊一目了然，我輕鬆閃過後用腳絆倒他。

最後指著他釋放殺氣，男人就放棄了，對地面無力地捶了一拳。他看起來徹底失去戰意，應該可以算我贏吧。

「只要你們不來找我碴，我可以保持緘默；只要沒有理由，我便不會出手。勸你們最好在被人發現前撤退。」

儘管這裡離宿舍有段距離，也不知道會不會被人看見。

他自己也明白這點，拉起被我的殺氣嚇到動彈不得的男人，一手抱著一個昏倒的同伴離開。

我目送他們落荒而逃，若無其事地走向鑽石莊，聽見背後傳來一陣腳步聲便回過頭，看到艾米莉亞搖著尾巴跑過來。

「天狼星少爺！您還沒回去呀。」

「嗯，我跟同學聊天，結果聊得比想像中久。妳呢？」

「我回去時莉絲已經回來了，所以我和她講了一下入學典禮說的事。」

艾米莉亞走到她的固定位置——我左邊，我發現她手上拿的行李有個熟悉的東西。

「那不是妳在家穿的女僕裝嗎？怎麼把它帶過來了？」

「因為這是照顧您時穿的正裝。身為隨從當然要有所準備。」

意思是她在鑽石莊要換上這身衣服，回宿舍再換回制服嗎？好麻煩，不過這也是隨從的尊嚴吧。就讓她照自己的意思做好了。

「大哥——！」

雷烏斯在途中追上我們，站到我右邊，這樣平常的成員就都到齊了。

他高高舉起木劍，喜孜孜地向我報告：

「大哥，我把他們全部打倒了！可是要手下留情果然好難喔！」

「雷烏斯，你沒害人家受傷吧？」

「安啦，他們都可以自己走回家。是說大哥，回去後……」

「我知道。回去後來打一場練習賽吧。」

「嗯！今天我一定要打中大哥一次！」

夕陽西下，我們拖著長長的影子走向鑽石莊。

就這樣，我被襲擊的事件悄悄落幕……並沒有。

隔天早上，我在教室等老師來時，馬克一個人走進教室，直接走到我面前低下頭。

貴族向平民又是無屬性的人低頭，令四周為之騷動，我叫馬克先抬起頭來，詢問理由。

「真的很抱歉。」

「呃，我知道，比起道歉，麻煩和我說明一下狀況。」

「也是，應該先講這個才對。關於我那兩位隨從——」

馬克開始敘述。

昨天他看隨從沒有回來，出去找他們，結果聽說他們在治療室。到治療室一看，一個人燒傷正在接受治療，另一個人氣憤地搔著頭，顯然發生了什麼事。在馬克的逼問下，兩位隨從吞吞吐吐地說出實情，聽得他頭都開始痛了。

赫爾提亞家的貴族撂了好幾個人埋伏平民，竟然還打輸人家。

馬克氣到對他們徹底失去興趣。既然已經不需要再包庇他們，當天馬克就聯絡家人，把他們做過的好事統統上報。

結果就是，那兩位隨從一大清早就被叫回家，還把兩人的父親也叫過來，等待上頭下達處分。所以馬克今天才會獨自上學。

「他們平常就一副目中無人的樣子，其他人也不喜歡他們。我看斷絕關係是免不了了。」

「不意外。以他們倆的個性滿有可能來報復的，有什麼應對措施嗎？」

「我發誓會賭上我的家名阻止他們。他們將被趕到遙遠的城鎮，絕對無法再回到這裡。」

「這樣就放心了。」

「真的很抱歉。幸好你沒受傷。不過隨從的錯就是主人的錯，雖然只是一點小錢，請讓我向你賠罪……」

馬克再度低下頭，從懷裡拿出銀幣，我急忙阻止他。

「不，真的不用。我也沒受傷，所以別在意啦。如果你無論如何都想賠罪……對了，希望你借我個人情。」

「人情？」

「嗯，如果我因為貴族關係惹上麻煩，希望你幫助我。」

我補了一句「要是錯的人是我就不用了」，馬克笑著點頭答應。

「呵呵……好啊。到時我會盡我所能幫忙。」

我和馬克握手，這次的事件才真的落幕。

扯點題外話，在那之後，校內傳出我剛入學就讓貴族對自己道歉、勒索貴族的流言。

除此之外……

「「早安，大哥！老大！」」

「噢，早啊！」

「……早安。」

和雷烏斯打練習賽輸給他的獸人們，統統變成雷烏斯的小弟。

獸人都是這種個性嗎？

而且我什麼都沒做卻憑空多出好幾個手下，希望雷烏斯想點辦法。

「知道了，大哥。下次我會痛扁他們到不敢當我小弟的地步。」

不是吧。而且我覺得……就算你痛扁他們，他們還是會認你當大哥。

希望未來校內不要出現以我為老大的派系．鑽石組……呃，我是認真的。

※　※　※　※　※

入學後過了幾天。

上午的課是在教室聽麥格那老師講解魔法種類。

對無屬性的我來說，全都是不太可能學會的魔法，但我可以思考對手使用的時候該如何應對。想著想著就下課了，我便和兩姊弟一起去食堂吃午餐。

我們隨便找了張空桌入座，雷烏斯的食量依舊驚人，輕鬆解決三人份的午餐，我則吃著類似燒肉定食的料理一邊思考。

「雖然輸給大哥和迪哥，這裡的飯也很好吃耶。」
「對呀。是因為用料不同嗎？」
「艾米莉亞說得對，這塊肉好像不太一樣。」
筋少又嫩的燒肉是很好吃沒錯，但肉汁流失太多，害它的美味度降低。
「我覺得這肉比起燒烤更適合用燉煮的。等等去問一下這是什麼肉好了。」
「喔喔！我可以期待大哥開發新菜吧？」
「好期待唷。啊，天狼星少爺。那個女孩子就是莉絲——咦？」
吃完午餐稍事休息時，艾米莉亞好像看到她的室友莉絲。我找了一下，想看看她是怎樣的女孩，卻只知道藍髮這個特徵，所以想問艾米莉亞哪個人是莉絲，然而……
「怎麼了？妳不是看到莉絲了嗎？」
「是的。可是她看起來好沒精神。今天早上她明明還笑著和我說話，為什麼現在卻露出那種表情……」
「擔心的話就去問問人家吧。我在這邊等妳。」
「謝謝您。那麼我離開一下。」
我盯著艾米莉亞的背影，可是她跑到食堂外面去了，最後我還是沒看到莉絲。
雷烏斯看著食堂門口嘆了口氣，大概和我想的一樣吧。

「我的朋友馬上就介紹給你們了，姊姊的朋友我們卻還沒見過。」

那不是朋友，是小弟吧。只是你把人家當朋友看。

「她說不定會把人家帶過來。」

過了一會兒，艾米莉亞回來了，可惜只有她一個人。

而且她離開前明明面帶笑容，現在卻很沮喪的樣子。

「天狼星少爺……」

「怎麼了？吵架了嗎？」

「不是的，其實莉絲有個煩惱，我聽著聽著……忍不住問她要不要跟您商量看看。對不起，沒有得到您的許可就擅自答應人家。」

「別在意，只是商量而已。她的煩惱不方便在這裡說嗎？」

「是的。她想盡量在人少的地方談……真的可以嗎？」

「嗯……我就聽她說說吧。說到沒有人的地方……果然是鑽石莊吧。下課請她到鑽石莊來如何？」

我的住所鑽石莊除了姊弟倆外沒人會來，正好適合講不想讓別人聽見的事。我和莉絲還沒見過面，不過她是艾米莉亞的朋友，如果是我能做到的，我想盡量幫忙。

「謝謝您！我馬上通知她。」

艾米莉亞沮喪的神情煙消雲散，笑著又跑去找莉絲。我連莉絲有什麼煩惱都不知道，她的笑容卻燦爛得彷彿問題已經全部解決。

「太好了姊姊。交給大哥就等於問題解決啦。」

「如果是戀愛或女性特有的問題，我可沒輒喔？」

「大哥一定可以的！」

你有何根據？

假如我對女性的生理期侃侃而談，看起來會不會像個變態？我對醫學略懂一二，所以要講也是可以——呃，又不一定是要談這個。

之後在我和雷烏斯討論劍的揮法時，艾米莉亞一臉滿足地回來。

「莉絲的班級是艾歐恩，下課時間好像和我們不一樣，所以我跟她約在圖書館見面。」

「嗯，就這樣吧。午休時間也快結束了，該回教室囉。」

午休結束，我們和莉絲約好要見面。

下午的課是實技課程。

學生們可以在校地內的訓練場對老師準備的靶子自由使用魔法，大家用的卻都是初級魔法。

先不論像我們這樣的異類，這個年紀會用初級魔法好像就夠厲害了。

麥格那老師用土魔法做成的靶子相當堅固，被初級魔法擊中也不會有任何反應。只有馬克用中級魔法「火焰槍」破壞靶子，顯示和其他學生的差距。

馬克本來就是有才能的人，但他並沒有因此驕矜自喜，而是繼續努力的樣子。證據就是馬克用了好幾次中級魔法，卻看不出魔力枯竭的徵兆，他一邊向為他鼓掌的同學致謝，一邊不甘心地說：

「……不行。和以前比起來完全沒進步。要更銳利，至少得同時射出兩發長槍……」

「馬克好厲害。你應該受過很多訓練吧。」

「不，我還嫩得很。你才厲害呢，我從來沒看過威力那麼強的『衝擊』。」

麥格那老師叫我表演面試時用的「衝擊」和「光明」給大家看，我照做之後，同學們看待我的目光就稍微變了。

不過現在班上最引人注目的……

「風啊斬裂敵人……『風刃』。」

「火啊寄宿於我的拳頭……『火拳』。」

八成是我的徒弟艾米莉亞和雷烏斯。

每當兩姊弟用魔法破壞標靶，同學們都會高聲歡呼。

雷烏斯旁邊聚集一群認他當大哥的獸人同學，艾米莉亞則被男女皆有的同學包圍。

「……好厲害。有那麼優秀的隨從，你也覺得很驕傲吧。」

「是啊。優秀到跟在我身邊都嫌可惜。」

大家把姊弟倆團團圍住，詢問他們剛才的魔法。

……有股不好的預感。

「欸欸，怎麼樣才能使出那種魔法呀？」

「雷烏斯用的魔法我第一次看見，詠唱時間也很短。是誰教你的？」

「當然是我們的主人天狼星少爺。」

「只要拜大哥為師，自然用得出這種魔法。我的劍術本來也是大哥教的喔？」

「這樣啊。那我也去拜他——咦？」

為了避免同學跑來追問，我已經躲起來隱藏氣息。

我們的班導麥格那老師就在旁邊，拜託別這樣。

而且我的訓練方式很嚴格，抱持半吊子的心態不可能跟得上。兩姊弟是因為他們從小就這樣，更重要的是他們始終在朝目標努力。

雷烏斯在同學們找我時補充說明：

「啊……可是大哥的訓練很辛苦喔？例如早上就要——」

早上起來跑步，吃完飯休息後繼續跑步，上完課還是跑步……雷烏斯開始描述住在家裡時的訓練內容，同學們就苦笑著放棄拜師了。

這才是正常的反應，然而姊弟倆已經習以為常，無法理解大家為何要放棄。

他們是很有才能沒錯，不過我一直覺得……兩人的力量是源自於持之以恆的努力。

今天的課程統統結束後，我們來到和莉絲約好的地點——圖書館。

高到抬頭才看得見頂端的書櫃和塞滿其中的書，令人頭暈目眩。這個世界的印刷技術明明沒那麼發達，虧這所學校有辦法收集到這麼多書。

好不容易進來這裡上學，無視這座知識的寶庫未免太可惜，因此我有時會在這裡看點書才回家。

看書還可以打發時間，選在這裡等莉絲再適合不過。

我找了本想看的書坐到空桌子前，和兩姊弟一起看書。過了一會兒，艾米莉亞望向窗外確認時間，靜靜起身。

「天狼星少爺，我差不多該去接莉絲了。」

「都這個時間啦。那就麻煩妳囉。」

我目送艾米莉亞離開圖書館，打算重新埋首於書中時，發現在旁邊看書的雷烏斯神情凝重。

「欸大哥，如果施法時想像『火焰槍』，我的『火拳』的火焰能不能飛出去啊？」

「噢，看來你注意到了。明天的實習課請馬克用給你看，自己測試吧。多多嘗試是很重要的。」

「知道了！大哥，你說想像力很重要，那你那個叫『麥格農』的魔法是想像什麼用出來的啊？」

「……祕密。」

因為我上輩子碰過實物，常常拿它開槍……我怎麼可能說得出口。

雷烏斯總是靜不下來，跟同年齡的孩子一樣經常搗蛋，但由於我和媽媽的教育，他頭腦不笨，也不討厭看書。

他只不過是腦袋裡裝的大多是劍術……天然的個性和言行舉止相輔相成，導致他看起來很孩子氣。雖然是我介紹他們認識的，雷烏斯這樣說不定是因為受到萊奧爾的影響，所以我打算如果能與萊奧爾重逢，我要賞他一拳。

之後我一邊看書一邊做筆記，直到艾米莉亞帶著一名少女回來。

「天狼星少爺，讓您久等了。她的名字叫莉絲，是我的室友兼同年的朋友。」

「初、初次見面。我叫作莉絲。」

如艾米莉亞所說，莉絲是個可愛的女孩，留著一頭很適合她的及腰藍髮。

和艾米莉亞筆直的銀髮不同，莉絲頭髮有點捲，披散在身後，更加襯托出她的可愛之處。莉絲雖然是個沒有明顯特徵的樸素少女，看著她心情會自然而然平靜下來，給人溫和的印象。

「初次見面。我想妳也聽艾米莉亞提過，我就是天狼星。」

「我叫雷烏斯。」

「是的，艾米莉亞每天都在和我說您是多麼優秀的人。」

「我覺得她有點太超過。如果妳嫌聽她講話麻煩，隨時可以跟我說。」

「能聽見這麼有趣的事，我也樂在其中。啊，您在念書嗎？」

「嗯。噢，別在意。我正好打算休息。」

我立刻準備把書放回書櫃，因為現在在看的並非要趕時間研究的內容。莉絲看到我手上的書，納悶地歪過頭。

「世界……料理大全？」

「這是我的興趣。」

「咦？咦？在學校……研究料理？」

「比起這個，艾米莉亞應該有告訴妳，我現在要回我住的地方鑽石莊。可是那裡除了我們以外沒有半個人，妳真的不介意嗎？」

「如果您是壞人就不會問這種問題，而且您是艾米莉亞萬分景仰的主人，我認為無須擔憂。」

「那我呢？」

「您是艾米莉亞的弟弟，所以我也不會擔心。記得是叫……雷烏斯同學？」

「對啊，我叫雷烏斯。那個，莉絲姊姊跟姊姊同年對吧？那我可以叫妳莉絲姊嗎？」

「呵呵……可以呀。好像多了個弟弟唷。」

即使對方是獸人，她也會平等相待，豈止如此，她對我們信任到我都為她擔心了。

代表莉絲就是如此純真、心地善良的女孩。

原來如此……難怪艾米莉亞信得過她。

之後我們帶著莉絲，走在通往鑽石莊的山路上。

途中大家做了簡單的自我介紹，不過……

「原來莉絲小姐是貴族。方才沒有對您使用敬語，真的非常抱歉。」

「那個……可以像平常一樣說話就好嗎？名字也不用加敬稱。其實我本來是平民，數個月前才變成貴族的。所以我比較喜歡大家把我當一般人對待。」

原來我從她的敬語中感覺到些許異樣感，原因就在於此。

「我和母親一起在偏遠的村落生活，可是在母親去世的同時，父親的使者出現了。那時我才知道母親是貴族的小妾，不知不覺我就變成貴族了……」
我沒打算問這麼詳細，莉絲卻乾脆地告訴我，嚇了我一跳。
「……對初次見面的人講這麼多好嗎？」
「我已經和艾米莉亞說過了。而且……我覺得兩位值得信賴。」
這樣聽來，她好像不是自願成為貴族的，恐怕莉絲是希望大家把她當一般的女孩子看。既然如此就該尊重她的意見。
「妳都這麼說了，我就把妳當一般人對待囉，妳也可以不用對我們講敬語。」
「我講話都用敬語是母親教的，請您不用在意。我想母親一定早就知道未來會發生這種事。」
「抱歉。好像讓妳想起令堂了。」
「沒關係的，我已經走出傷痛。再說，和艾米莉亞及雷烏斯同學比起來……」
「艾米莉亞，妳跟莉絲說了啊？」
我望向旁邊的艾米莉亞，她垂下頭，宛如惡作劇被抓到的孩童。她以為我會生氣嗎？
莉絲看不下去，擋在艾米莉亞面前包庇她。
「請等一下！艾米莉亞只有告訴我她的過去，除此之外就是稱讚您，請您不要責罵她！」

這明明是主人與隨從間的問題，莉絲卻挺身而出，為艾米莉亞說話。

看到她這麼為朋友著想，我不禁揚起嘴角。

「我怎麼可能罵她？艾米莉亞是自己認為可以才告訴妳實情。她交到信得過的朋友，我只會為她感到高興，並無責備之意。」

「天狼星少爺……嘿嘿嘿。」

我摸摸沮喪的艾米莉亞的頭，雷烏斯在旁邊扯我的袖子，所以我也摸了他一下。

我心想「這兩隻真的很愛跟我撒嬌」，發現莉絲笑著凝視我們。

「呵呵……天狼星同學比起主人，更像媽媽呢。我現在可以體會艾米莉亞為什麼這麼喜歡您了。」

「我還只有十歲喔……」

不過……以我的精神年齡來看，兩姊弟就像可愛的小孩子。

看到他們倆表情如此放鬆，我和莉絲臉上浮現笑容。

走到一半時，艾米莉亞說要一個人先過去，我們晚了她一會兒抵達鑽石莊。

「這種地方竟然有棟房子……」

直到前幾天都還長滿雜草的庭院被清得乾乾淨淨，看起來像廢墟的木屋也換了新牆壁，還塗上白色顏料，改裝得跟新房子沒兩樣。

庭院的田重新翻過土，腐朽的水井也在修好後設置類似幫浦的魔導具，用魔法陣汲水上來。

莉絲好奇地環視煥然一新的鑽石莊。

「不過現在只有我住在這裡。來，不用客氣，進來吧。」

「打、打擾了。」

「嘿嘿，莉絲姊是第一個客人耶。」

我一打開大門，就看到身穿女僕裝的艾米莉亞行了個漂亮的禮迎接我們。

「歡迎回來，天狼星少爺、雷烏斯。還有歡迎妳來，莉絲。」

「……為什麼妳穿著女僕裝？」

「因為我是您的隨從。天狼星少爺，請用。莉絲也請脫下鞋穿上這雙拖鞋。鑽石莊禁止穿鞋進來。」

「禁止……不能穿鞋呀？」

「這是大哥訂的規矩。一開始會覺得怪怪的，久了就習慣囉。」

「這樣家裡就不會被土弄髒，打掃起來也很輕鬆，幫了我很大的忙。」

基本上，這個世界在家裡也會穿鞋。

我以前住的宅邸本來就是這樣，所以我放棄改變，不過鑽石莊已經可以說是我家，我便試著禁止穿鞋進來。

「總之歡迎妳來到鑽石莊。要不要先喝杯紅茶？」

「好、好的……」

莉絲有點提心吊膽，踏進對她而言的未知世界。

鑽石莊的客廳有張大桌子，上面放著艾米莉亞幫大家泡的紅茶和我做來招待莉絲的蛋糕。

「這是什麼呀？看起來像麵包，又有點不太一樣……」

「這是天狼星少爺做的蛋糕。請用叉子切來吃。」

「蛋糕不是貴族慶祝時才會有的東西嗎……」

「這只是大哥做的普通的點心——不對，是最好吃的點心！」

「點心……嗯!?」

莉絲戰戰兢兢把蛋糕送入口中，臉上瞬間露出陶醉笑容，扶著臉頰幸福地闔上眼。

「哇……好甜……好軟……我從來沒嘗過這種口感……」

「吃到大哥做的蛋糕，大家的反應都一樣耶。諾艾兒姊也差不多。」

「這是當然的，天狼星少爺做的蛋糕這麼好吃。連我都想多吃一點。」

「偶爾吃一次才會覺得好吃喔？」

結果，莉絲在吃完蛋糕前都沒有回到現實世界。

吞下最後一口蛋糕時，莉絲終於發現自己現在的狀態，害羞地低下頭喝紅茶。

「對、對不起。你們特地招待我，我卻連句感想都沒說……」

「沒關係，看妳的反應就知道了。」

「啊嗚!?不、不過真的很美味！紅茶也很好喝……」

「呵呵，要再來一杯嗎？」

「……麻煩了。」

於是，艾米莉亞又幫莉絲倒了杯紅茶。莉絲清清喉嚨後，表情轉為嚴肅。

「謝謝各位招待我來這裡，不好意思這麼晚才道謝。」

「別在意。我聽艾米莉亞說了，妳好像有什麼煩惱？」

「是、是的。那個……我希望我四屬的初級魔法都用得出來。」

四屬是指這個世界中的火、水、風、土四個基本屬性。

各屬的初級魔法，講得詳細點就是這樣——

「火焰」……製造火焰，代替火種或火把使用。

「水球」……製造水代替生活用水或滅火等等，有各式各樣的用途。

「疾風」……召喚風讓空氣循環，也可以代替電風扇。

「大地」……讓指定的土壤變形，除了製造牆壁或洞穴外，也會用在整修道路上。

如果屬性相同，初級魔法只要受過訓練就用得出來，不符合自己的屬性也可以靠練習學會。

不過這種程度的魔法，跟老師說一聲，他們應該就會教才對。

更重要的是……

「我不記得學校有規定四屬的初級魔法都要會用啊？」

「確實如此，可是我的班級好像有規定。老師說不會用就沒道理待在這間學校……」

「……妳是哪一班的？班導呢？」

「莉絲是艾歐恩班，班導是古雷葛里老師的樣子。」

「我有一個屬性的初級魔法用不出來，每次上實習課都會被同學們笑。」

我聽說艾歐恩的學生是那個傲慢的古雷葛里按自己的意思與成見找來的。

在由古雷葛里口中的「高貴貴族」組成的班級被貼上劣等生的標籤，我無法想像她的待遇會有多慘。

「我被笑還沒關係，不知為何連我的母親都被他們貶低、嘲笑，我無法忍受。只不過是一個魔法用不出來……為什麼要做到這個地步？」

莉絲氣得握緊拳頭，拚命忍住不要讓眼中的淚水滑落。

我看著她用艾米莉亞遞給她的手帕拭淚，覺得有個地方怪怪的。

「嗯……辦不到的人不是只有妳吧？貴族一堆任性、討厭練習的人，應該也有人不是四屬都會用？」

「是沒錯，可是不知道為什麼，只有我會被笑。」

「什麼嘛！那個叫古雷葛里的傢伙是不會管一下喔！」

「實習課的時候他有看到，卻什麼都沒說。但下課後他過來找我，告訴我『只有我是妳的同伴』……」

古雷葛里對莉絲送上甜言蜜語安慰她，莉絲卻因為他的笑容讓她有種不好的預感，無法接受他的好意。

今天她之所以讓我們在圖書館等了一段時間，也是因為被古雷葛里叫住。

「聽起來還滿正常的……他有碰過妳嗎？」

「頂多把手放在我肩膀上，或是摸我的頭。」

我又問了幾個問題，古雷葛里聽起來不像會對少女出手的變態。

而且……他明明會在事後安慰莉絲，為何沒有阻止學生嘲笑她？

害怕貴族學生的權力……不，古雷葛里在艾琉席恩是赫赫有名的上流貴族，連羅德威爾都不能輕易解雇他。可能性並不高。

「……洗腦嗎？」

他說不定是想把莉絲逼到瀕臨崩潰再來安慰她，讓她以為只有他站在自己這邊。如果只是想得到莉絲的信賴，叮嚀其他學生就夠了，上課時他卻完全沒有出手幫莉絲，實在詭異。

算了……這只是其中一個可能性。

也有可能是他覺得這是學生間的問題，為了避免給莉絲灌輸奇怪的觀念，還是先不要和她說吧。

「您說了什麼嗎？」

「沒有，妳別放在心上。總之就是妳想學會初級魔法，免得被同學笑？」

「是的。我怎麼樣都用不出火屬性的『火焰』……」

「妳的屬性是？還有，我想知道妳還會用哪些魔法。」

「我是水屬性。擅長治療魔法，單論水屬性的話，到中級程度都會用。」

水和火……聽說和擅長屬性相反的魔法會比較難駕馭，但如果只是初級，努力一下應該就學得會才對。

莉絲上課和實習課都很認真，也不像會疏於練習的人……

「還是親眼看過最快。方便到外面用給我看嗎？」

「好的，麻煩您了。」

我們統統走到外面，請莉絲在鑽石莊的庭院使用魔法。

她用土屬性的「大地」在地上挖了小小的洞，風屬性的「疾風」也順利發動，召來把頭髮吹亂的風。

我發現就算她用非擅長屬性的魔法，看起來也不會累。也就是說莉絲的魔力量非常龐大。

順帶一提，雖然無法持續太長的時間，屬性是風的艾米莉亞認真使用「疾風」的話，八成可以引發足以把鑽石莊吹垮的狂風。

接著是莉絲擅長的「水」……其威力超出我的預料。

本來用「水」做成的水球大小和嬰兒頭部差不多，莉絲的不僅大了三倍，還能同時製造出三顆。

「喔喔!?這麼大我整張臉都塞得進去耶！」

「託莉絲的福，家裡不愁沒水用了。」

「因為我擅長水屬性嘛。治療魔法也很擅長，受傷的時候儘管跟我說。」

「那最後就用『火焰』看看吧。」

「好！」

莉絲解除「水」，開始詠唱有問題的「火焰」。

在她念咒的途中，我以她為中心使用「探查」，魔力確實有在她的體內循環，所以完全看不出哪裡有問題。

莉絲一字不差地念完想必念過好幾次的咒文，使用魔法。

「令火神使者在此現形……『火焰』。」

然而……她手上只有冒出一陣煙，連火苗都沒有。

「又失敗了……不管我試了多少次……結果都一樣。」

她悔恨地跪到地上，像在尋求協助般抬頭凝視我。姊弟倆陪在她身旁安慰她，同樣仰望著我。

「天狼星少爺……」

「大哥……」

他們是想叫我想點辦法吧。

艾米莉亞是莉絲的朋友，所以我能理解，不過雷烏斯才剛認識她就發自內心地為她擔憂。他們倆真的很溫柔。

其實我已經知道原因，可是不知道該不該講出來。

乾脆放棄火屬性魔法，使出強到無可挑剔的水屬性魔法，說不定就能得到認同。

「天狼星少爺，可不可以幫幫莉絲？」

「大哥，我不忍心看莉絲姊這麼難過。」

哎呀呀……看來我還太天真囉。

兩姊弟的視線仍然刺在我身上，只能下定決心了。

我用「探查」和肉眼確認四周沒有其他人——不知道莉絲知不知道——然後開口詢問：

「莉絲。妳……看得見精靈對不對？」

『有很多人想要這個力量，拚了命試圖把我抓起來，我才會隱藏實力。』

……這是看得見風精靈的菲亞說的。

會使用風屬精靈魔法的菲亞使出真本事的話，能引發連城堡都會被吹垮的暴風，天災等級的龍捲風也召喚得出來。

本來要集眾人之力才用得出的魔法，她一個人就能使用。

擁有這股強大的力量，註定會被利欲薰心的貴族盯上。因此看得見精靈的人都不會告訴別人。

為了保護自己不被世上的黑暗汙染……

「!?你怎麼……會知道？」

莉絲瞪大眼睛，嚇得瑟瑟發抖。

看她這麼害怕……莉絲似乎知道看得見精靈的命運會是如何。

我慢慢跪到她面前，迎上她的視線，試圖先使她冷靜下來。

「冷靜點。我──不對，我們絕對不會把妳的祕密告訴別人。你們聽見了吧？」

「不用說我也知道，大哥！我死都不會說！」

「我也是。所以別擔心……好嗎？」

艾米莉亞也抱緊莉絲，想讓她放心。大概是艾米莉亞的安撫生效了吧，莉絲眼中的恐懼消失，身體也停止顫抖。

「已經……沒事了。母親再三叮嚀過我絕對不可以被人發現我看得見精靈，否則我的人生就完了，所以我才會這麼害怕……」

「抱歉。嚇到妳了。」

「不會，換成是我也不知道該怎麼開口。比起這個，為什麼天狼星同學知道我看得見精靈？莫非您也看得見？」

「我的屬性是無屬性，精靈應該不會喜歡我吧。」

「啊……對不起。」

莉絲因為一下以為找到同伴而面露喜色，一下因為我的屬性道歉，表情變來變去。

是個情感容易表現在臉上的天真少女。

「不用道歉。關於妳剛才的問題，我遇過看得見精靈的人。那個人身上的異樣感，我從妳身上也感覺得到。」

「您遇過跟我一樣的人嗎!?」

「是啊。對方是名女性冒險者，她也不敢讓人知道自己看得見精靈。」

「天狼星少爺，這跟莉絲的魔法有關係嗎？」

「關係可大了。那個人告訴我，精靈的嫉妒心好像非常強。」

「偉大的精靈也會嫉妒呀？」

「很遺憾，就是會的樣子。」

菲亞說她用風魔法時精靈會很有幹勁，想要用土魔法時精靈卻會鬧脾氣，不但不借她力量，甚至會妨礙她，害她完全用不出土魔法。

莉絲看得見的精靈會消去火魔法、強化水魔法，可見是水精靈。

「妳看得見精靈，也聽得到精靈的聲音對吧？想想妳用水魔法和火魔法時精靈的反應就知道了。」

「這個嘛……經您這麼一說，用水魔法時精靈會很高興地靠過來，用火魔法時則有種不高興的感覺。」

「妳都集中在施法上，所以或許沒發現，妳用火屬魔法時我也有感覺到怪怪的。恐怕是水精靈嫉妒火，把它消掉了吧。」

「怎麼會……精靈竟然會做這種事。」

菲亞當時笑著說這跟習性差不多，不過對莉絲而言，這就像被自己深信的夥伴背叛吧。她顯然很難過。

「我想想……無論如何都想用火魔法的話，拜託精靈不要妨礙妳如何？」

我聽菲亞說，如果拚命拜託精靈，好像就能勉強用出「大地」。只不過每次拜託精靈都會消耗大量體力，因此菲亞不太會去使用土屬性魔法。

「……我試試看！」

莉絲立刻付諸實行，集中魔力呼喚精靈。

「拜託。一下下……一下下就好。讓我……使用火魔法吧。」

她念完咒文，使用「火焰」……掌心冒出一顆小小的火球。

「成功了……我成功了！」

「雖然只有小小一顆，確實是『火焰』呢。恭喜妳，莉絲！」

「太好了莉絲姊！」

然而，火焰在莉絲歡呼的同時就消失了。

精靈真的很難搞。

「啊……討厭。真拿你沒辦法。」

莉絲露出有點無奈的表情，不過她終於能使用火魔法，一臉神清氣爽。

「這樣莉絲姊就不用擔心了吧？」

「不……現在放心還太早。」

究竟……這麼小的「火焰」能否讓古雷葛里接受？

那個人一副會說「又小又不持久的魔法，我不會承認」的樣子，狀況無法改善的可能性很高。

「我也這麼覺得。雖然這麼說對莉絲不太好意思，我認為這樣還不夠。」

「說得……也是。確實，這樣太小顆了。」

「那要怎麼辦？我可不想再看到莉絲姊難過！」

大家又再度往我身上看過來。坐視不管的話，雷烏斯可能會拿著劍跑去找古雷葛里算帳，得盡快想出解決方案。

換個角度思考看看好了。

不是改變莉絲……而是改變環境？

「這個嘛……乾脆讓莉絲轉到我們班如何？」

我們也算認識理事長，要不要透過麥格那老師拜託他看看？只要告訴他莉絲的處境和我想借她的水魔法做點實驗，理事長說不定會因為覺得有趣就答應，關係就是要拿來用的。

「好主意。就這麼做吧！」

「這樣我們會很高興，莉絲姊也安全了！」

「等、等一下！轉班沒那麼容易吧……」

異想天開的意見令莉絲驚慌失措。只不過是一介學生的我突然提出這種主意，會嚇到很正常。

「莉絲說的也有道理，不過妳可以想成是死馬當活馬醫，希望妳把這件事交給我處理。但最重要的是妳自己的意思。妳想轉到我們班嗎？」

「那個……是的。如果能和艾米莉亞及各位同班，我會很高興。」

「那就沒問題了。明天我就會採取行動，妳再忍耐一下。」

就算不能轉班，通知理事長他應該會有動作才對。

為了保險起見，我叫莉絲不可以相信古雷葛里的甜言蜜語，莉絲疑惑地看著我。

「那個……為什麼要對我這麼好？我是貴族沒錯，可是我又沒有錢，是因為看得見精靈——好痛！」

我用手刀輕輕敲了下莉絲的頭，打斷她的話。

她會這麼想也沒辦法，但我不太希望她講這種話。雖然應該不會痛，莉絲還是按著頭凝視我，我帶著有點嚴肅的表情告訴她：

「和貴族與精靈無關。妳是艾米莉亞的朋友，也跟我們認識，所以我想幫助妳……僅此而已。」

莉絲願意和眼中只有我和弟弟的艾米莉亞當朋友。

光是擁有可以打從心底相信的夥伴，人生就會截然不同，就跟上輩子的我一樣。也就是說，幫助莉絲也是為艾米莉亞好。

更重要的是，我不能容許溫柔努力的莉絲被貴族無聊的自尊心和策略玩弄於股掌之間。

「謝謝你們……」

「等問題解決再道謝吧。好了，差不多該吃晚餐囉，莉絲也要在這邊吃嗎？」

「在這邊吃……意思是要在這裡做晚餐？去食堂不就行了嗎……」

「現在去食堂也有點晚了，就當紀念妳第一次來作客吧。不用跟我客氣。」

「天狼星少爺做的料理絕對比食堂美味。想想那個蛋糕，絕對不會辜負妳的期待。」

「蛋糕……那我就不客氣了。」

莉絲偷偷吞了口口水，用力點頭。

沒錯，小孩子就是要順從自己的心意。

「你們有沒有什麼想吃的？」

「我想吃肉！」

「這種時候就是要吃火鍋。大家一起吃吧。」

「那就來做放肉和蔬菜的野菜鍋吧。雷烏斯，去森林找肉來。」
「瞭解！我出發了！」
「天狼星少爺，我去洗菜。」
大家分工合作，沒事做的莉絲忍不住詢問艾米莉亞：
「欸，艾米莉亞，真的是天狼星同學做菜呀？一般來說不是你們隨從做嗎……」
「有的時候也會由我負責，不過平常都是天狼星少爺下廚唷。發明那個蛋糕的也是天狼星少爺。」
「那個蛋糕也是!?真、真的跟媽媽一樣。」
在生活於貴族圈的莉絲眼中，身為主人的我做這些事八成很奇怪。
不過其他地方的常識我才不管。我就是我。
好了，來燒水煮高湯吧。

莉絲兩眼發光，看著煮好的火鍋。
她應該是第一次看到火鍋，卻已經被香味和外觀挑起食欲。
「哇……好好吃的樣子。把菜夾到這個小盤子裡吃就行了嗎？」
「也可以直接夾來吃。」
「直接夾？這樣好嗎……」

「我們無所謂唷，只要妳不介意。因為火鍋是和家人、朋友邊吃邊聊天的料理。」

「和朋友邊吃邊聊……嗯，我不介意。」

莉絲不會用筷子，所以吃得有點辛苦，但她的手從來沒停過，帶著燦爛笑容不停把食物送入口中。話說回來，莉絲吃蛋糕和火鍋時都一臉幸福，她應該很喜歡吃東西吧。

「湯裡充滿肉和蔬菜的鮮味……非常美味！」

「大哥！再多放一點肉嘛！」

「還有很多。盡量吃喔。」

莉絲輕輕鬆鬆吃了一大堆，害我很想知道如此嬌小的身體到底怎麼裝進這些食物，不過看到她吃得這麼開心，身為下廚的人，我也挺高興的。

最後我們用乾燥麵收尾，喝完飯後紅茶就解散了。

「那我走了。天狼星少爺，晚安。」

「大哥晚安！」

「那、那個……晚安。」

「嗯，晚安。路上小心。」

我站在門口送兩姊弟和莉絲離開，鑽石莊突然安靜下來。

我走在寧靜的空間中，準備回房寫今天的作業時，感覺到有間空房怪怪的，打開門一看……

「……難怪她每次來，行李都會變多。」

我知道艾米莉亞的女僕裝掛在牆上，但疑似私人物品的東西明顯比以前還多。簡直像在表示她隨時可以搬過來住。

看她在宿舍挺享受與莉絲的同寢生活，結果好像還是在伺機搬進這裡。艾米莉亞是交到朋友了，和其他學生也處得不錯，但我至少要讓她再住幾年宿舍。

我默默關上傳達出無聲訊息的房門。

「原來如此……這樣確實有問題。」

隔天……我比平常早了一點到學校，來到麥格那老師的辦公室找他商量。直接拜託威爾老師也是可以，但既然牽扯到學生轉班，也該和班導好好談談。

我和麥格那老師商量的，當然是莉絲在班上被欺負的問題。

「不好意思這麼突然，可以請您轉告理事長嗎？」

「我明白了。莉絲同學的處境我也看不下去，我會跟理事長說一聲。不過入學才幾天你就過來找我商量這種事……你真是個不可思議的學生。」

「因為我想照自己的意思行動。啊，這是帶給您和理事長的。」

「這、這是!?啊……咳咳。怎麼能賄賂老師呢。」

我秀出盒子裡的東西——蛋糕，給麥格那老師看，他顯得興致勃勃。看來麥格那老師的確非常喜歡甜點，跟我從學生口中聽來的傳聞一樣。

「這不是賄賂。我的興趣是料理，這是我做的點心。」

「你自己做的嗎？確實……我第一次看到這麼漂亮的形狀和紋路。」

「擔任我隨從的兩姊弟對它評價不錯，但我也想聽聽大人的意見。」

「希望我告訴你感想就對了。好吧，那我就收下囉。不過拿免費的會變成賄賂，所以我還是付點錢吧。它多少？」

「我沒有定價格，可以請老師吃完後自己決定它值多少錢嗎？」

「你好像很有自信。我可是很挑嘴的喔？」

麥格那老師露出我從來沒看過的嚴肅表情。

可是我做的蛋糕也是吃過的人統統都會成為俘虜的必殺甜點。應該不會有問題。好了……用來預防萬一的局也布置了，之後只要靜候老師們的反應即可。

到了午休時間，我和姊弟倆一同前往食堂時。

「午安，天狼星。我想和你談談那件事，方便隨我來一下嗎？」

理事長變裝成的威爾老師出現在走廊上。若是要談「那件事」，我很想立刻答應，但我還打算講點邪惡話題，不能帶這兩隻一起去。

「艾米莉亞，雷烏斯，我和老師有要事要談，你們先去吃午餐。」

「是那件……我明白了。天狼星少爺，我幫您帶個三明治以防萬一。」

「麻煩妳囉。對了，可以順便去看看莉絲嗎？」

「知道了大哥！不知道今天的實技課，莉絲姊有沒有怎麼樣？」

「希望她不要難過。那麼天狼星少爺，我們先走一步。」

兩人向我一鞠躬，走向食堂，威爾老師溫柔地目送他們離去。

「……看來莉絲交到好朋友了。」

「您認識莉絲嗎？」

「算是有點關係。站在這裡不好說話，先換個地方吧。」

我跟在威爾老師後面，來到教師辦公室區。這條走廊盡頭是理事長室，附近的房間是今天早上我才來過的麥格那老師的辦公室。

「我沒有自己的辦公室，就借用麥格那老師的吧。」

威爾老師連門都沒敲就走進去，麥格那老師卻已經泡好紅茶等我們來，應該是事前就通知過他了。

我與威爾老師隔著室內的桌子相對而坐，在麥格那老師幫我們倒紅茶時，威爾老師突然拿下耳環。

他的耳朵變得模糊一片，然後瞬間變成……不對，是恢復成妖精特有的長耳。

那個耳環八成是變裝用的魔導具，擁有隱蔽或幻惑之類的效果。理事長——羅德威爾看到解開謎團的我，滿足地點點頭。

「呵呵呵……你果然已經知道我的真實身分。什麼時候發現的？」

「面試時我就覺得不太對勁，在入學典禮上初次見到您時才真正確信。比起這個，請問您為何要對我表明身分？」

「因為我想和你維持良好關係。這樣比較有趣嘛！」

這男人……真心話也不藏一下。

看他興奮得兩眼發光，有如看到玩具的小孩，這人似乎不是在開玩笑。

我就當他說的是真的吧，總比在那邊勾心鬥角來得好。

「好了，其實我有很多問題想問你，但我的行程排得很滿，就直接進入正題吧。我聽麥格那說了，莉絲在班上好像會遭到霸凌。」

「是的。就連昨天才第一次見到她的我，都看得出她的精神已經瀕臨崩潰。」

「古雷葛里老師則默許他們的行為。唉……真可悲。」

「總而言之，我認為莉絲的問題必須盡速處理，才會提出讓她轉班的要求。」

理事長抱頭嘆息，聽見我的提議點點頭。

「嗯，我也這麼覺得。因此我剛才叫麥格那去和古雷葛里交涉……」

「……看來是不行？」

「是啊。古雷葛里說『現在是得到她信賴的關鍵時期，少來礙事』……拒絕這個提議。」

我很感謝他們採取行動，但無法改善莉絲的處境就沒意義了。

本以為靠理事長的權力可以想辦法解決，能處理的話他應該早就處理了。就在我推測其中牽扯到複雜的原因，思考其他方案時，腦中浮現一個問題，便開口提問：

「莉絲對古雷葛里老師來說就這麼重要嗎？」

雖然也有可能是因為古雷葛里發現她看得見精靈，我倒覺得原因在於莉絲是相當有地位的貴族之女。

聽見我的問題，理事長嚴肅地看著我。

「在我回答前，我想先問你幾個問題。天狼星，你對莉絲瞭解到什麼地步？」

「我只聽說她本來是平民，最近才變成貴族。」

「噢，她已經和你說這件事啦。莉絲挺信任你的樣子。」

我也覺得很不可思議。艾米莉亞該不會不知不覺把她洗腦了？畢竟她在宿舍好像都在聊我的事。

「那麼下一個問題。你為何想幫助莉絲？」

理事長似乎在懷疑我是不是有什麼目的。

不過我的真心話是……

「莉絲是什麼人與我無關。她是艾米莉亞的朋友，是已經和我們一起吃過飯的夥伴。」

即所謂的「吃過同一鍋飯的夥伴」……雖然我們一起吃的是火鍋而不是飯。

更重要的是，莉絲知道兩姊弟曾經是奴隸，依然願意和他們當朋友。

對我來說，光這點就值得我伸出援手。

「理事長。幫助夥伴需要理由嗎？」

「夥伴嗎……」

沒錯，我問心無愧。我直盯著理事長訴說原因，理事長緩緩吁出一口氣，然後望向窗外。

「……莉絲的狀況有點複雜。恐怕古雷葛里是用了某些手段查到她的情報，試圖籠絡她吧，但我不覺得他什麼都知道。」

「複雜的狀況嗎……」

「正是。既然牽扯上這件事，我認為你也有權知道……要聽嗎？」

「不，我想聽她自己對我說。現在得先處理她在班上遇到的問題。」

這個問題比莉絲的真實身分更重要。聽到我這麼說，理事長和麥格那老師四目相交，慢慢點了下頭。

「你的心態……值得讚許。我有個建議。」

「看來您想到辦法了。願聞其詳。」

「校規規定教師可以透過『交換』，把指定的學生換到自己班上，雖然最近大家都忘記有這條校規。」

通稱「交換戰」。

雙方從班上的學生中選出代表參賽，勝者可以從對手的班級帶走一名學生，是條特殊的校規。

這條校規誕生的契機，聽說是以前某位老師看上其他班的學生，宣言自己可以把那名學生教得更好。順帶一提，老師們不親自上場是因為有些老師有先天上的優勢，不用比就知道結果。

也就是說，只要贏得這場比賽，就能把莉絲從艾歐恩帶出來嗎……

「大家都忘記這條規則，是因為有不能輕易舉辦交換戰的理由吧？」

「沒錯。首先要取得兩班班導的許可，以及學生的同意，否則比賽無法成立。」

如果雙方都有想要的學生也就罷了，通常受到挑戰的那一方和學生本身都會不太情願，進而拒絕交換戰，這條校規也就自然而然被人遺忘。

「古雷葛里應該不會想要我班上的學生吧。」

「比較有可能的……赫爾提亞家的馬克？」

馬克的家世確實夠尊貴，也很會用魔法，但我不覺得他跟古雷葛里會合得來。

我想了一下，艾歐恩應該全是滿嘴貴族的驕傲與尊嚴的人才對。

「我有個主意，可不可以挑釁他，讓他答應比賽賭注只有莉絲？古雷葛里老師好像有不少負面傳聞，讓他看看那些傳聞的證據如何？」

「意思是要威脅他？你也挺壞的嘛。」

「沒這回事，當然是要和他商量囉。比如說……不小心把他做壞事的證據掉出來之類的。」

「只是不小心掉出來？」

「嗯，只是不小心掉出來。」

我和理事長臉上八成帶著很邪惡的笑容，因為麥格那老師臉頰抽搐，看起來有點害怕。

「呵呵呵……和我想的一樣。你果然很有趣。」

理事長慢慢從懷裡拿出一張紙扔在地上。

麥格那老師雖然一頭霧水，還是把它撿起來，看到紙上記載的內容大吃一驚。

「理、理事長……這不是古雷葛里交給會計的文件嗎？」

「唉唷，不小心把用來審問古雷葛里老師的文件掉出來了。這樣會傳到他本人手中的……算了。」

「用途不明的金額這麼多!?連會計都被那男人威脅了嗎……」

聽起來好像是古雷葛里威脅會計竄改的請款單，在送到他手中前被理事長攔截。

然而，麥格那老師似乎在猶豫該不該拿這威脅他，我便笑著詢問麥格那老師，試圖推他一把。

「那個，麥格那老師。我做的點心怎麼樣？」

「啊!?對、對了，天狼星！那究竟是什麼點心！」

他比我想像中還激動。前一刻猶豫不決的模樣蕩然無存，喘著氣逼近我，害我差點忍不住向後退去。

「那是蛋糕喔。當然是我改良過很多次的版本啦。」

「那是蛋糕嗎!?又硬又乾根本不能吃的麵包，變成又軟又帶著絕妙甜度的點心!?」

「太好了，看來很合您的胃口。」

「是啊！真的太美味了。至於之前說過要給你的錢，五枚銀幣……不，一枚金幣如何？」

「……什麼？」

在我回話前，麥格那老師就把金幣硬塞過來。

因為我做的蛋糕不是到處都買得到，價格自然會高一點，可是一個蛋糕的成本只要數枚銅幣。這麼小一塊就出一枚金幣……換算成上輩子的貨幣，將近十萬元。

「這、這樣實在太多了。一枚銀幣我都嫌多呢。」

「那塊蛋糕就是有這個價值！如果你嫌太多，可以再做給我吃嗎？」

我之前布的局效果出乎預料……算了，結果好就好。

我別過頭，困擾地看著麥格那老師。

「是可以，但莉絲的問題害我沒辦法專心——」

「我立刻去找古雷葛里談！理事長，之後就拜託您了！」

麥格那老師飛奔而出。

我偷偷探頭確認走廊情況，麥格那老師站在疑似古雷葛里辦公室的房間前，像要把門敲破般用力敲門。看他那個氣勢，我想不會有問題。

「呵呵呵……事情有趣起來囉。話說回來，天狼星。即使交換戰能順利舉辦，你們班打算派誰出來戰鬥？」

「當然是我。身為提議要讓莉絲轉班的人，我總不能什麼事都不做。」

「你有把握——不，問這問題太不識相了。有沒有什麼是我可以幫忙的？」

「只要您比賽時願意在一旁監督就夠了。剩下我們會自己想辦法。」

接受挑戰的那一方好像可以決定交換戰的比賽方式。以那群人的個性很有可能來陰的，不過只要理事長幫忙監督，應該就能防止他們動手腳。

「我明白了。其實我也有件事想拜託你。這事非常重要。」

理事長突然釋放威壓，我慢了一瞬間才反應過來。

嘖……就算他不是敵人，我未免太大意了。

要是他剛才想殺我，我說不定已經命喪黃泉。

「拜託你也幫我做個蛋糕！要大一點的！」

…………這句話不該說得這麼有魄力吧。

大概是因為這個世界缺乏甜點，現在我知道就連活了數百年的妖精，都能用蛋糕擄獲。

蛋糕似乎是最強的。

等到上完課，我們準備回鑽石莊時，麥格那老師交給我們一張紙。

看來麥格那老師交涉成功了。

就結果來說，我們班不用交出任何人，只有古雷葛里的班級要交出莉絲。感謝他這麼有效率。

交換戰好像不用做太多準備，明天下午就能舉辦。

「我跟理事長確認過了，古雷葛里訂的規則沒有異常。可是不曉得他會耍什麼手段，請你務必小心。」

我們得到麥格那老師的鼓勵，叫上莉絲在鑽石莊集合。

我拿著記載交換戰比賽規則的紙和兩姊弟、莉絲報告結果，從來沒聽過交換戰的莉絲相當驚慌。

「竟然演變成這種情況……真的對不起！」

「把事情鬧大的人是我。擅自決定這種事，反而是我要向妳道歉。」

「不、不會不會！您願意為我做這麼多……我很高興。」

雖然我們輸了也不會有損失，萬一真的輸掉，想必會讓艾歐恩的貴族越來越得意忘形，對莉絲的批評也會變本加厲。

因此我靜靜繃緊神經，雷烏斯幹勁十足地舉手說道：

「欸大哥。這樣我也能參賽對不對？」

「嗯，我本來就打算叫你一起來。因為比賽形式是三對三練習賽嘛。」

紙上記載的規則如下——

・從班上選出三名參賽者。

・魔法最多只能使用中級魔法。

・武器使用木製武器。參賽者發動危險攻擊時，裁判及老師將會介入。

・勝負於對手投降或裁判判斷比賽無法繼續進行時決定。

・我想吃大蛋糕。

最後一項顯然是後來加上去的，我畫了條線刪掉它。

比賽最重要的就是規則……但這些規則還滿普通的。

古雷葛里是安排我住進一棟廢屋的白痴，我還以為他會制訂更荒謬的規則，結果極其正常。是看不起我們嗎？畢竟他們班很多傲慢的人。

不過換個角度看可能會有漏洞可鑽，總之謹慎而行就對了。

「三個人啊。那就是大哥、姊姊和我囉！」

「對呀，為了莉絲，我會加油的。」

「嗯！果然還是這種方式最簡單！」

兩人幹勁十足，當事人莉絲卻依然困惑不已。

哎……事態不知不覺演變成我們要上場戰鬥，莉絲會不知所措也很正常。可是如我剛才所說，這是我擅自決定的事。

「妳只是被失控的我們捲進來而已。幫忙祈禱我們會獲勝就夠了。」

「我明白了……我會幫各位祈禱。」

莉絲同意歸同意，臉上卻帶著愧疚神情，讓我想到前世的弟子，因此我下意識撫摸她的頭。

「啊……」

「別露出這種表情。剩下就交給我們吧。」

「嗯、嗯……拜託大家了。」

「呵呵，被天狼星少爺摸頭也只能乖乖聽話囉。摸完莉絲請您也摸摸我的頭。」

「大哥，我也要！」

莉絲羨慕地看著被我摸得尾巴狂搖的兩姊弟……然後瞇起眼睛，彷彿在凝視遠方。

理事長說她的情況有點複雜……不過我不打算現在過問。

「那等等就來為明天的比賽養精蓄銳吧。莉絲今天也要吃完飯再回去對吧？」

「嗯！啊……麻、麻煩您了……」

「大哥，這種時候就是要吃豬排！莉絲姊也很期待的說。」

「雷烏斯很懂嘛。那今天也交給你狩獵囉。」

「天狼星少爺，我去準備麵包粉。」

我們分配好工作，走向廚房，莉絲在我們背後輕聲呢喃：

「……謝謝大家。」

我心想「明天要讓她笑著說出這句話」，著手準備晚餐。

隔天……我們來到校內名為「競技場」的大型建築物。

我們學校是很大沒錯，想不到竟然連競技場都有。本來這裡是用來辦活動和辦艾琉席恩祭的地方，只要向校方申請，學生也可以使用的樣子。

外觀和上輩子的競技場一模一樣，觀眾席做成階梯狀，讓後面的觀眾也看得見擂臺。

我和姊弟倆站在競技場中央的擂臺上等待對手。

「競技場好大喔，大哥。可是有必要在這種地方打嗎？」

「我想那就是理由。」

我望向觀眾席，我們班的學生坐在那裡，對面則是對手的班級——艾歐恩的學生。

交換戰不是學校活動，所以其他班的學生跟平常一樣在上課。

本來只要參賽的學生到場即可，古雷葛里卻建議叫兩班的學生都來觀戰。恐怕是為了讓學生們看到我們慘敗的模樣，彰顯兩者間的實力差距。

許多學生被突如其來的交換戰搞得一頭霧水，不過和艾歐恩比起來，我們班看待我們的目光溫暖多了。

「天狼星，加油！」

「艾米莉亞加油！」

「「「大哥！老大！要贏啊！」」」

同學們都在為我們打氣，對面的艾歐恩卻截然不同。

豎起耳朵就能聽見「愚蠢的庶民」、「害我浪費時間」之類的竊竊私語聲，明顯在鄙視我們。

在那群完全沒想過自己會輸的傢伙中，我看到莉絲在角落雙手交握，彷彿在為我們祈禱。比我更快找到莉絲的艾米莉亞握緊雙拳，面色凝重。

「莉絲……再等一下。我們一定會……」

「不要給自己太多壓力，用平常的方式戰鬥就好。」

「啊……是，對不起。」

「欸大哥，我們的對手啥時會來啊？」

如雷烏斯所說，擂臺上還是只有我們三個。

做好暖身運動的我們隨時可以開打，可是對手遲遲沒有出現。

在我心想「差不多該去叫人了」時，入口終於出現數名教師和疑似我們對手的學生。

「讓你們久等囉。」

「哼，讓無能和獸人等一下也不會怎麼樣。」

「站住！我話還沒說完！」

理事長變裝成的威爾老師走在前頭，麥格那老師纏著一臉不耐的古雷葛里老師。
我疑惑地看著爭執不斷的兩人，威爾老師走到我們旁邊向我們說明狀況。
「不好意思這麼晚到。如你所見，出了一些問題……」
「是。看到那些人我就知道了……」
對手——艾歐恩的學生從頭到腳都是吐槽點。
我們的裝備是學校制服和木劍，對方的武器雖然是木劍，卻有兩個全身裝備鐵甲的人。
比賽確實沒有規定防具，但穿成那樣也太誇張了吧。除此之外還戴著把整張臉罩住的頭盔，因此我們連裡面的人是不是學生都不知道。
我最想吐槽的是……
「怎麼有六個人？」
除了全身裝備鎧甲的兩人外，還有入學考跟我一起接受面試的貴族阿爾斯托羅，以及他那三個隨從兼跟屁蟲。三名隨從都帶著木劍和鐵製胸甲，怎麼看都是來參賽的。
威爾老師拿出記載規則的紙給愣住的我看，然而……
・從班上選出三名參賽者。※只不過，隨從不包含在內。

我昨天再三確認過，麥格那老師給我們的紙上並沒有後面那行字。

順帶一提，古雷葛里有權決定交換戰的比賽形式，所以這張紙是他寫的。

「這張是古雷葛里的。我昨天確認時還沒有這行字，應該是動了什麼手腳讓文字之後才顯現出來。」

「……真卑鄙。」

那行字顏色偏淡，是用了隱形墨水之類的道具嗎？難怪麥格那老師會如此憤怒。

這個世界沒有影印機，文件都是一個字一個字手寫的，出這種差錯或許並不奇怪……但他未免做得太明顯。

古雷葛里無視傻眼的我，吵著要威爾老師宣布比賽開始。威爾老師好像是這場比賽的裁判，我還想說他怎麼會在這裡。

「我叫你等一下！我無法接受！」

「紙上不是寫得清清楚楚嗎？別再鬧了。」

「唔……這就是貴族的作風嗎！看看那副鎧甲，你真的很幼稚！」

「賤民找碴就要全力擊潰，這就是貴族。」

「好了好了，麥格那老師和古雷葛里老師都先冷靜一下。」

威爾老師強制介入其中，麥格那老師雖然不太甘願，也只能乖乖退讓，古雷葛里則不悅地嘖了一聲。

「煩死了，你只不過是個小老師！」

「就是因為我這個小老師都看不下去，才會阻止你們。你們意見相左很正常，不過先問問他的意見如何？」

威爾老師回頭看著我，臉上充滿期待，彷彿在對我說「你們可以的吧……」，整個樂在其中。

「因為要戰鬥的人是天狼星嘛。你對比賽規則有異議嗎？」

「沒有。我們班沒有派出學生交換，所以我接受這條規則。」

「天狼星同學!?」

艾米莉亞和雷烏斯是我的隨從，因此只要找兩個坐在觀眾席的同學過來，應該就能增加人數。

可是觀眾席的學生除了制服沒有任何裝備，也不知道古雷葛里會不會給我們時間準備。會用中級魔法的馬克或許有能力參戰，但我不想把他捲進我們鬧出的事件害他受傷。

聽見我的回答，麥格那老師大驚失色，威爾老師笑得越來越高興，將視線移到兩姊弟身上。

「艾米莉亞和雷烏斯呢？」

「既然天狼星少爺不反對，我也沒意見。」

「我跟大哥一樣。」

「……他們是這樣說的。那麼就開始交換戰吧。」

「哼。意氣用事，終究是無能與獸人之流。」

威爾老師和古雷葛里離開後，目瞪口呆的麥格那老師總算恢復正常。

「天狼星同學……我不想接受這種做法。輸了我們也不會有任何損失，我認為應該棄權。」

「不，再拖下去莉絲的精神會撐不住。我要靠這場比賽了結一切。」

「天狼星少爺說得對。請您交給我們。」

「大哥和我們一定會贏！」

我們回答得信心十足。麥格那老師無奈地嘆了口氣，然後露出溫柔微笑，把手放在我們肩上。

「我知道了。要小心應戰。我覺得危險就會立刻阻止喔。」

「我們一定會贏。」

我和姊弟倆離開麥格那老師，與在擂臺中央等待我們的六人對峙，對方的隊長阿爾斯托羅笑著指向我們。

「喂，那邊的無能和獸人。你們真的打算跟我打？」

「不然我們就不會來這裡啦。」

「哼，好吧。古雷葛里老師教過，貴族遇到賤民對自己刀劍相向，就要全力擊潰他們。我會讓你們後悔沒有臨陣脫逃。」

對方不打算配合我們的戰力嗎……阿爾斯托羅嘴巴這麼說，實際上卻在忍笑，由此可以推測出他是個喜歡欺負弱者的人。

在阿爾斯托羅退到最後面的期間，我已經分析完對手。

如外表所見，拿木劍穿鐵甲的兩人負責抵禦攻擊；三名隨從的裝備是便於行動的木劍及鐵製胸甲，我看是打游擊戰用的；阿爾斯托羅什麼武器都沒拿，任務應該是在後方用魔法支援。

對了，阿爾斯托羅是有兩種屬性的「雙屬性」。既然艾歐恩班派他參賽，說不定他挺有實力的，還是多留意那傢伙的魔法吧。

「能和我阿爾斯托羅．埃梅洛伊這個雙屬性交手！你該感到光榮，無能！」

「……欸大哥，我可以砍了那傢伙嗎？」

「不，用我的風魔法把他一分為二……」

「我能體會你們的感受，但麻煩照順序來啊。」

「「……是。」」

比賽都快開始了，為何我得摸他們的頭安撫他們？

看到我們一點緊張感都沒有，阿爾斯托羅嘴角抽搐，這時威爾老師高高舉起手。

「那麼我在此宣布，卡拉利斯對艾歐恩的交換戰即將開始。」

兩倍的戰力差害我們班的人憂心忡忡的，但我相信這股不安不會持續太久。

因為我們為了在這個世界生存下來，一直在鍛鍊自己。

這種程度的對手……來十個也敵不過我們。

「比賽……開始！」

威爾老師手一揮，為交換戰揭開序幕。

「快點幹掉那兩隻獸人！剩下的無能就用我的魔法──」

「怎能讓你們稱心如意！風啊……『風彈』。」

「喝啊啊啊啊啊啊──！」

「「噗呃!?」」

他們似乎想先讓兩姊弟失去戰鬥能力，再來折磨孤立無援的我……然而戰鬥一開始，艾米莉亞和雷烏斯就取得先機。

艾米莉亞射出風彈，雷烏斯發動「增幅」用力向前踏出一步，揮下木劍，在穿鎧甲的兩人行動前就把他們打得遠遠的。

「只要有我們在，絕不會讓你們碰天狼星少爺一根汗毛！」

「想跟大哥打，先過我這一關再說！」

他們像要把累積至今的怒氣發洩出來般，生氣勃勃地站在我面前。在他們腦中，想必覺得自己是保護主人的騎士吧。

本以為比賽剛開始就有兩個人陣亡，被轟飛的兩人卻踉蹌著站起來。看來鎧甲害姊弟倆力道拿捏得不是很準確。

「剛剛……發生了什麼事？」

「好、好快……」

「喂，冷靜點！兩個一起上不就得了？你去對付無能！」

阿爾斯托羅的聲音令他們恢復冷靜，分散開來逼近艾米莉亞和雷烏斯，試圖牽制他們。

「可惡！我的攻擊竟然不管用!?」

「今年的新生是怎樣！」

從身高和剛變聲的聲音來看……穿鎧甲的是在這所學校待了好幾年的學生嗎？至少我不覺得是跟我們一樣剛入學的新生。

也許可以把頭盔扒下來向裁判抗議，但規則又沒說要「同班」的學生，還是算了。而且……我也不是沒預料到。

由於穿鎧甲的學生揮下的劍，以及趁隙進攻的阿爾斯托羅的隨從，姊弟倆被牽制住了。以艾米莉亞和雷烏斯的實力，我不認為他們會陷入苦戰，然而對方裝備的是鐵製防具，我們用的卻是木製武器，外加一開始的奇襲讓他們不敢再輕敵，兩人似乎有點被纏住。

最大的問題是力道。到目前為止，他們的對手只有我和魔物，幾乎沒有學過與人類交手該如何控制力道。這次的對手和之前的盜賊不同，不能砍斷人家的手臂或是用小刀伺候他們。

只要他們使出真本事，艾米莉亞有能力用魔法把他們的身體切成兩半，雷烏斯就算是用木劍也能輕鬆打斷對方的骨頭吧。

「很好，就這樣制住他們！我在此祈願，賜予我炎之魔力——」

阿爾斯托羅不知道我們這邊的情況，以為自己的計畫進行得很順利，開始詠唱「火焰槍」。雖然他性格傲慢又目中無人，不過年紀與我們相仿就和馬克一樣使得出中級魔法，可見他受過一定程度的訓練。

然而……不瞭解對手就突然使出需要花時間念咒的大招，此乃錯誤的選擇。

「無能只要乖乖讓阿爾斯托羅少爺瞄準——喔喔!?」

我這邊也有一名隨從衝過來，但他揮下木劍時顯然沒把我放在眼裡，因此我側身閃開攻擊，抓住他的手腕把他砸向地面。

接著把手心朝向集中在念咒、沒發現隨從被我輕易擊倒的阿爾斯托羅……

「衝擊啊……『衝擊（Impact）』。」

「以炎之槍貫穿——嗚啊!?」

用控制過威力的衝擊彈中斷他的詠唱。

阿爾斯托羅被衝擊彈轟飛，摔在地上，不過他一下就站起來了，臉上的表情怒不可遏。

「該死的無能！喂，你這傢伙連絆住他都不會嗎！」

「非、非常抱歉！這個無能比我想得還要——」

「別跟我解釋！給我拚死阻止他！」

阿爾斯托羅怒吼一聲，他的隨從便重新朝我衝過來，以達成主人吩咐的任務。

這次對手全力揮下木劍……他的劍路比我想像中還要犀利，因此我不躲不閃，而是用木劍擋下攻擊。

「不會再讓你隨心所欲了。吃我這一劍！」

這名隨從想必每天都有練劍。本以為他只是一般的跟屁蟲，在劍術方面倒是挺認真的樣子。儘管這人有點那個，我並不討厭這種專一的個性。

所以我一邊閃過他的攻擊，一邊指出他的缺點。

「速度是很快沒錯……可是你揮劍的方式太依賴劍的重量。力道太輕囉。」

他平常應該都是用鐵劍練習，導致揮劍的速度雖然快，一旦換成輕盈的木劍就會缺乏攻擊力。

隨從驚訝地瞪大眼睛，大概是被我說中了。

「什麼！區區無能講什麼大話啊！」

「劍術與屬性無關。再多補充一點，你拿劍的力道太不穩。這樣輕輕撞一下，劍就會從手裡飛出去喔？」

「給、給我閉嘴！」

他不想承認自己的缺點被看不起的對手指出來，但我不費吹灰之力就擋開他的劍，令他不得不接受事實。

這名隨從像要掩飾自己內心的糾結般，死纏著我不放。

「唔，阿爾斯托羅少爺的命令是最重要的！我只要絆住你就好！」

要不是因為現在在比賽，我其實想再多觀察他一下，可惜時限已到。

「威力……差不多這樣吧！」

「喝啊啊啊啊啊——！」

兩姊弟好像學會拿捏分寸了，分別用魔法和劍技擊倒鎧甲男與隨從，所以我這邊也該結束囉。

我閃開對手的木劍，迅速從下方往劍柄一拍，木劍就從他手中直直飛出來。

「什麼!?」

「我不是說過你拿劍的力道太不穩嗎？」

然後趁他因為武器飛走而愣住時往肚子揍下去，令他失去意識。

兩姊弟打倒的鎧甲男和隨從也倒在地上一動也不動，只剩下阿爾斯托羅一個人。

看到這個情況，我們班的人放聲歡呼，艾歐恩班有人目瞪口呆，有人仍在嘴硬。

好了，接下來只要再打斷阿爾斯托羅的詠唱一次，然後一口氣接近——

「以風的衝擊粉碎敵人……『風彈』。」

我雖然這麼想，這次卻是對手動作較快。阿爾斯托羅選了詠唱時間短的初級風魔法，應該是不想被我的魔法中斷詠唱吧。

「一群派不上用場的廢物。既然如此，就用我的魔法把你們統統解決掉！」

他果然有練過魔法，能夠同時射出兩顆本來只有一顆的風彈。目標是艾米莉亞和雷烏斯，艾米莉亞立刻使出同樣的魔法抵銷掉，雷烏斯只有把木劍舉高，不像要閃開的樣子。看來他打算用那招。

「看我的——！」

雷烏斯大吼著使出的招式，是剛破一刀流的基本型「剛天」。

憑藉雷烏斯的身體能力與動態視力，將自身意志貫注於劍內直直揮下的一擊，精準地將高速逼近的「風彈」一刀兩斷。

雷烏斯身邊瞬間捲起一陣風，最後剩下的只有揚起的沙塵，以及手拿木劍的雷烏斯。

「怎……怎麼可能!?」

競技場一片鴉雀無聲，使阿爾斯托羅的聲音聽起來莫名清晰。

斬斷魔法。

那是剛劍萊奧爾第一次使用的劍技，劍術高手方能駕馭的招式。

「剛天」會如實反映出劍士的本事，需要準確命中魔法的技術與被魔法擊中的覺悟，因此很少人會用這招。

外加風屬性大多是目不可視的魔法，比其他屬性還要難應付。

可是……雷烏斯做到了。

如果是初級魔法，其他屬性他也統統砍得了，但萊奧爾這個原創者好像連中級魔法都能輕易破解。那個老爺爺真的是個怪物。

「嘿嘿，跟暴力的姊姊比起來，這魔法還算溫柔的咧！」

「雷烏斯……你說什麼？」

「嗚!?對、對不起姊姊！」

「站住！雷烏斯，我要好好教訓你！」

「等一下姊姊！不要連妳都用鐵爪功……啊——!?」

因為大家都沒出聲，雷烏斯的自言自語不小心被艾米莉亞聽見了。他說的暴力是指艾米莉亞用的「風彈」，絕非她本人。

看到現在還在比賽途中，這兩隻卻開始打打鬧鬧，茫然失神的阿爾斯托羅回過神來，氣憤地握緊拳頭。

「可……可惡……無能和亞人！竟敢看不起我……我絕對不會原諒你們！」

「隨你怎麼想，不過你理解現在的狀況嗎？」

「只要吃我一記『火焰槍』，你們這種貨色根本……對了！喂，你這個無能不是隊長嗎？有種和我一對一單挑啊！」

結果顯而易見，這人卻死都不肯認輸。

阿爾斯托羅提出一個過於自私的提議，被艾米莉亞放開的雷烏斯傻眼地看著他。

「好痛……那傢伙在說什麼啊。大哥，你去後面休息吧，剩下就交給我。」

「不，我無所謂。我接受你的挑戰。」

不讓對手發揮原本的實力也是一種戰術，但以這種方式取得勝利，如此任性傲慢的人想必不會服輸。要是他們因為這樣不肯交出莉絲，我也會很傷腦筋，所以乾脆除了規則再接受這個要求，之後也比較好辦事。

不只是姊弟倆，麥格那老師聽見我的回應也大吃一驚，阿爾斯托羅和古雷葛里則揚起嘴角。八成在想「怎麼有個白痴願意放棄優勢」。

除此之外還有個興致勃勃、兩眼發光的裁判……別管他好了。

「等、等一下，天狼星同學。你為什麼要——」

「裁判，聽見了吧。現在立刻改成阿爾斯托羅和無能的一對一對決！」

「……既然兩位當事人都同意，我也沒辦法。那麼請艾米莉亞和雷烏斯不要出手。要是你們插手就算你們輸，所以請退到後方。」

兩人雖然吵著表示不能接受，我一笑著摸他們的頭，他們就乖乖退下。

保持一段距離與我對峙的阿爾斯托羅，露出自信的笑容。

「你這傢伙的魔法確實很快，但威力不夠。區區無能的魔法怎麼可能打倒我！」

「我倒覺得不讓對手有機會施法比較重要？」

「閉嘴！一擊就能扭轉戰況才是真正的魔法。讓你看看我的實力！」

阿爾斯托羅閉上眼睛開始念咒，準備使出他最強的魔法。

我馬上就能施法，可是現在的比賽形式是一對一魔法戰，雙方都要用自己的魔法攻擊對手，只能等他念完咒。

我想至少裝個樣子，便將魔力集中於右手，喃喃自語假裝在念咒，等待阿爾斯托羅準備好。

「以炎之槍貫穿敵人……『火焰槍』。」

他使出的「火焰槍」比馬克還大，完美體現他所說的「一擊」。

假如被那招直接命中，即使有這身制服也不是受重傷就能了事的。

然而……他太著重於威力，導致魔法射出的速度很慢。若是平常只要閃到一邊就行，不過現在躲開就會算我輸。

因此我用「探查」調查朝我射過來的魔法，然後舉起右手釋放魔法。

「擊碎它……『射擊』。」

「射擊」是仿造我上輩子的武器榴彈槍的魔法，在命中的瞬間會釋放衝擊波。

但那顆衝擊彈明顯比「火焰槍」還小，一下就被飛來的炎之槍吞噬掉……

「所以我不是說了嗎，一擊就能——什麼!?」

可是我的魔法在「火焰槍」內部爆炸，用衝擊波消滅炎之槍。

現在我知道我的魔法對中級魔法也有效，雖然有一部分也是因為相性問題。

我之前就想請馬克用「火焰槍」讓我測試，省下這個時間了。

「不可能……不可能！我的魔法怎麼會輸給無能！我可是雙屬性！」

引以為傲的魔法被我輕易破解，阿爾斯托羅雙手抱頭，突然大叫著，再次開始詠唱「火焰槍」的咒文。

既然如此我就陪你玩到魔力耗盡。我也準備使用「射擊」，卻發現阿爾斯托羅不太對勁。他雙眼無神。

顯現於他頭上的火焰比剛才還要大上兩倍，威力八成也無法相比。不過形狀不是槍而是一顆球，彷彿只有過量的魔力注入其中……總之我覺得那是不完全的魔法。

「糟糕！魔法快要失控了。得趕快阻止他！」

「無所謂！阿爾斯托羅，儘管上！與其玷汙貴族的身分，不如幹掉那個無能！」

「好了……你會怎麼做？」

麥格那老師被古雷葛里絆住，威爾老師雖然在凝聚魔力，但似乎打算旁觀到最後一刻的樣子。

看來理事長是在測試我。

「大哥，快逃啊！」

「天狼星少爺，用我的風……！」

「別擔心，你們退下。」

兩姊弟朝我跑過來，但我伸手制止他們，跪在地上開始畫魔法陣。

在我畫魔法陣的期間，阿爾斯托羅仍然持續向火焰注入魔力，臉色蒼白、汗如雨下，出現魔力枯竭的徵兆。即使如此他還是停不下來，再這樣下去連控制魔法的魔力都會中斷，說不定會在頭上爆炸。

「啊啊……啊啊啊啊啊啊啊——！」

不曉得是基於憤怒還是貴族的尊嚴，阿爾斯托羅仍然射出完全看不出「火焰槍」原形的炎之塊。這次的魔法實在太大，我沒把握「射擊」對付得了。

可是與此同時，我的魔法陣也畫完了，我立刻將魔力注入其中。

「『大地』……啟動。」

我用的是土屬性初級魔法，在前方不遠處製造出一道土牆。

然後再連續發動兩次「大地」，做出等間隔的三道土牆，雷烏斯見狀著急地大叫：

「大哥，牆壁不夠厚啦！這樣會擋不住！」

「別擔心。接著是……嘿咻。」

完成最後一個步驟時，炎之塊正好撞上土牆，隨著轟然巨響引發爆炸，塵土飛揚。視線範圍因此被完全遮蔽，什麼都看不見。

「……傷腦筋，『暴風』。」

威爾老師一用魔法，周圍就捲起暴風一口氣吹散塵埃。

「暴風」本來是召喚無數風刃斬裂敵人的廣範圍中級魔法，威爾老師把威力控制在不會傷到人的程度。

這個控制能力和無須念咒的發動速度……不愧是世人所稱的「魔法大師」。

「嗯……看來勝負已定。」

塵埃散去的擂臺上，已經決出勝負。

阿爾斯托羅因魔力枯竭倒下，隊友也失去意識。

只有我們毫髮無傷。

「古雷葛里老師，可以決定勝者了吧？」

「……哼！」

「請你遵守約定喔。還有，這場交換戰發生的問題，我會向理事長報告。」

「隨你便！我要走了！」

古雷葛里不悅地哼了一聲，離開競技場。

我想他八成對阿爾斯托羅完全失去興趣，而不只是失望了，因為他看都不看昏過去的阿爾斯托羅一眼。艾歐恩的貴族學生也敗興而歸，觀眾席只剩下幾個學生。

「……老師和學生都有夠無情。」

「真是的。學生也就算了，我要好好懲罰古雷葛里。」

威爾老師嘆著氣走到我旁邊，拜託麥格那老師治療傷患，高聲宣布：

「比賽結束。交換戰的結果是……卡拉利斯勝！」

宣布完結果後，威爾老師笑著向我伸出手，我也伸手回握他。

「首先要恭喜你們。非常有趣的比賽。話說回來，我想問你一個問題，最後的魔法你是怎麼擋下來的？」

儘管我同時做了三道土牆防禦火焰，土牆的厚度顯然不夠，被直接轟碎都不奇怪。

結果土牆雖然近乎全毀，仍然防住了魔法，威爾老師應該是覺得很不可思議吧。

「因為他的魔法處於不完全的狀態，我才有辦法防住。」

那擊「火焰槍」蘊含的魔力過多，導致施術者無法控制形狀，沒有辦法形成槍形，失去了「火焰槍」應有的貫穿力。

「取而代之的是威力上升，需要承受強大好幾倍的衝擊。請您看看散落一地的土牆碎片。」

「碎片？經你這麼一說，碎片看起來不多呢。」

「因為我在三道土牆間填滿沙子和碎石。這樣就能分散衝擊。」

上輩子打游擊戰時，我就是這樣製作壁壘的。當時的土牆更厚，可以防住好幾次用吊車砸過來的鐵球，是很優秀的防壁。

「土牆竟然還有這種用法。真是太棒了！又學到一招。」

威爾老師高興地頻頻點頭，好像一點都不排斥被身為小孩的我指導。這股求知欲或許就是他能變得那麼強的原因。

其實我本來是想把土牆圍成圓頂狀，將對手關在裡面逼他投降，最後有派上用場就好。

威爾老師好像還有其他問題想問，但他還要負責善後，只得依依不捨地離去。

我吁出一口氣，看到莉絲被兩姊弟推著走過來。我還想說他們跑到哪去了，原來是去找莉絲。

「天狼星少爺！我帶莉絲過來了！」

「快快快，莉絲姊，再走快一點！」

「等、等一下!?慢點──啊!?」

莉絲快被推到我面前時絆到地上的石頭，所以我撐住她的肩膀免得她跌倒。不過換個角度看會覺得我是在抱她，因此莉絲急忙紅著臉和我拉開距離。

「那、那個……謝謝您。」

「我知道你們很高興，可是不能太勉強人家喔。」

「嗯、嗯。對不起，莉絲。」

「抱歉，莉絲姊。」

莉絲搖搖頭叫乖乖道歉的姊弟倆不要在意，然後立刻看著我們，露出笑容。

「各位……幸好你們沒事。」

「嘿嘿，那當然，因為我們跟大哥在一起嘛！」

「這樣莉絲就是我們的同學，也是我們的朋友了。」

「咦……朋友？」

莉絲睜大眼睛，愣在原地。

仔細想想，我們並沒有明確告訴她。

「嗯。莉絲已經不只是艾米莉亞的朋友，而是我們的朋友。」

「莉絲姊，妳不願意當我們的朋友嗎？」

「怎麼會！我只是……太高興了……」
淚水自莉絲的眼眶滑落，艾米莉亞溫柔抱住她，幫她遮住被淚水濡溼的臉頰。
「謝謝妳，艾米莉亞。不過請妳等我一下。我還有最重要的話沒說。」
可是莉絲搖搖頭放開艾米莉亞，對我們展露燦爛笑容。
「天狼星同學……艾米莉亞……雷烏斯……真的謝謝你們！今後請你們多多指教！」
雖然發生了很多事，光是能看見她自然的笑容就夠了。
「我才要請妳多多指教。」
過沒多久，莉絲終於冷靜下來。在我們和她交談時，治療完傷患的麥格那老師走到我們面前。
「莉絲同學。為了確認妳的意願，我還是要問一下，妳對於轉到我們班沒有意見吧？」
「是的！我想轉到卡拉利斯。」
「我明白了。在辦轉班手續前得先做一件事。」
麥格那老師望向觀眾席，卡拉利斯的學生走了下來，排在我們面前。
「你們真的好厲害！阿爾斯托羅閣下是很自大沒錯，但他的魔法真的很強。竟然能毫髮無傷贏過那樣的對手……看來你會是我的好友，也會是我的好敵手。」

「想不到你們戰力跟人家差那麼多還有辦法贏！」

「「不愧是大哥和老大！」」

同學們不停稱讚我們，麥格那老師拍拍手引起大家的注意力。

「好了各位，向大家介紹從今天開始轉到卡拉利斯的新同學。來，莉絲同學。」

麥格那老師溫柔地推了莉絲一下，讓她站到同學們面前。突如其來的自我介紹令她不安地看著我們，不過我點頭叫莉絲不要緊張，她就下定決心面向同學。

「大、大家好。我是今天開始轉進卡拉利斯班的莉絲。屬性是水，擅長回復魔法。那個……請大家多多指教。」

「「「請多指教！」」」

莉絲做完自我介紹，同學們便用熱烈的掌聲歡迎她。

就這樣……我們班多了位新同學。

放學後，我被威爾老師叫到麥格那老師的辦公室。

順帶一提，等等要舉辦只有我們四個參加的慶功宴，我叫兩姊弟和莉絲去買東西，然後直接到鑽石莊集合。

「你來啦。請坐，別客氣。」

我一邊心想「才幾天的時間，不曉得我踏進這裡幾次了？」一邊坐到沙發上，麥格那老師立刻為我們送上紅茶。總覺得比起弟子，他更像威爾老師的隨從。

「謝謝您。那麼……請問您叫我來的目的是？」

「因為你是其中一名當事人，有些事我覺得最好要告訴你。」

「我很感謝您願意跟我分享情報，但我只是一介學生，您為何要對我這麼好？」

「我之前也說過，因為和你扯上關係感覺會很有趣。我想跟你好好相處，所以提供情報。這理由不夠嗎？」

威爾老師發現新事物和看到罕見魔法時，會像小孩子一樣興奮得兩眼發光，我想他並沒有騙人。

而且威爾老師……羅德威爾理事長明明活了四百年以上，求知欲還是很旺盛，也一直勤於鍛鍊魔法的樣子。

他看起來是個講道理的人，付出相對的代價就會願意提供情報，跟他打好關係似乎不會有壞處。

「更重要的是，這次莉絲的問題你們幫了大忙。都是多虧你們贏了交換戰，才能把莉絲從古雷葛里老師手中救出來，真的非常感謝。」

「我就接受這個理由吧……那麼您剛才說要告訴我的是？」

「是關於這次的交換戰。首先是莉絲順利轉到卡拉利斯了。文件上寫得清清楚楚，這樣古雷葛里應該也沒辦法再插手。」

勝負那麼明顯，就算是古雷葛里也沒辦法雞蛋裡挑骨頭。總之莉絲那邊看來是沒問題了。

「接著是你們打倒的阿爾斯托羅。他雖然因為魔力枯竭而昏倒，身體並沒有出現異狀。不久前他醒過來了，所以我叫他回宿舍好好休息。」

「這樣啊，總之沒事就好。」

「那是他自作自受，你無須為他擔憂。你在比賽時也看到了，那孩子自尊心高得莫名其妙，這次的事件應該能給他一個教訓。」

威爾老師長年住在艾琉席恩，因此阿爾斯托羅出生時就認識他了。

不僅是貴族之子還是雙屬性，導致阿爾斯托羅受到的教育就是「自己是特別的存在」，也許就是因為這樣，他才會長成那麼傲慢任性的人。

「我把這麼有地位的貴族打倒，沒問題嗎？」

以他的性格，企圖報復我們都不奇怪。我問這問題只是想知道有沒有什麼需要留意的，威爾老師卻搖搖頭從懷裡拿出一張紙。

「這個你不必擔心。剛才我讓他簽了一份契約書。」

「契約書……方便讓我看一下嗎？」

威爾老師將契約書遞給我，示意我可以看。簡單地說就是……阿爾斯托羅今後不准再干涉我們和卡拉利斯班。要是他違反約定，理事長會馬上通知他的家人……

「……只是通知家人管得住他嗎？」

「他的父親十分嚴厲，一旦這件事傳到他耳中，阿爾斯托羅八成會立刻被叫回家。」

理所當然地接受明顯占優勢的戰力差距，還在中途增加只對自己有利的規則，結果竟然輸了。不僅讓貴族顏面盡失，他的父親好像又是無法容忍這種小手段的軍人個性。

阿爾斯托羅的魔法技術想必來自於父親嚴格的教育，可惜沒能矯正他的性格。他離開父親所在的老家，覺得現在的宿舍生活如同樂園，因此這張契約書似乎對他非常有效。

「艾歐恩的貴族學生也看到了，我覺得他們可能會講出去。」

「貴族總要顧面子，下面的人會在他家人知道前把消息壓下去吧。可是我有很多管道，也能直接通知他的父親。我在此承諾絕不會讓他報復你們。」

仔細想想，這個問題不是我一介平民處理得來的。威爾老師不是透過麥格那老師轉達，而是親自告訴我，這番話應該值得相信。

我低頭向威爾老師致謝，他卻突然面有難色地說：

「問題是古雷葛里老師。竄改文件搞小動作……學生失控不去阻止，反而還煽動他。萬一出了什麼差錯，可不會只有受傷而已。」

我詢問詳情，聽說阿爾斯托羅並不知道古雷葛里竄改規則，那兩名鎧甲男也是古雷葛里找來的。順帶一提，鎧甲男的真實身分如我所料，是在學校待了四年的學長。

阿爾斯托羅在比賽快要開始前才知道這回事，起初他也不贊成這樣做，卻被古雷葛里的花言巧語蠱惑，不小心答應了。這樣看來阿爾斯托羅好像也沒那麼壞，但知道比賽規則不公平還接受，應當與古雷葛里同罪。

越聽越覺得這些傢伙令人傻眼。

「恕我直言，為什麼那種人還能在這裡教書？」

「他平常沒那麼誇張。儘管他態度傲慢，該上課還是會上課。這次或許是因為交換戰的對手是你。」

這麼說來，以前威爾老師說過古雷葛里極度厭惡獸人，覺得我這種無屬性就該被人踩在下面。雖然不知道他與無屬性和獸人有什麼私人恩怨，發洩在我們身上只會給我們造成困擾。

「你們幾個當然一點錯都沒有。這完全是古雷葛里老師徇私報復，所以我也對他下達了幾個處分。外加我發現他最近鬼鬼祟祟的，決定派人監視他。」

「監視……我看我最好別繼續問下去。」

「謝謝你的配合。總之我只是想告訴你有人負責監視他，你們不會受到影響。」

聽起來有許多內幕，但我沒必要過於深入。

再說我之所以決定到學校念書，是為了在安全點的地方長大。只有我也就罷了，我可不想捲進什麼事件中，害兩姊弟也遇到危險。

「我要說的就這些，最後還有一點……」

噢……嗯。我已經猜到了。

「……蛋糕是嗎？」

「沒錯。你開多少價我就出多少錢買，麻煩你盡快做好。」

「威爾老師，您在說什麼啊！是我先拜託天狼星同學的！」

「不，我這個師父順序當然比較前面吧？」

「即使您是我的師父，我也有不能退讓的時候！」

這就是……最強的魔法師及其弟子嗎？

我決定當作什麼都沒看到，靜靜離去。

「那麼，慶祝莉絲平安轉進我們班……」

「「「乾杯！」」」

之後我回鑽石莊和兩姊弟與莉絲會合，迅速做好準備，舉辦只有我們四個參加的小型慶功宴。

用現榨果汁做成果汁乾杯，盡情享用桌上各式各樣的料理。

「欸大哥，這塊肉裡面還是紅的，是不是沒熟啊？」

「這是叫作『烤牛肉』的料理，別擔心，我有把它悶熟。」

「哦……好好吃！我可以多吃幾塊嗎？」

「要幫大家留一份喔。來，莉絲也別客──」

……不用我說了。莉絲把自己的份都夾到碗裡，滿臉幸福地吃著肉。

「嚼嚼……好幸福……啊!?這、這道料理非常美味！」

「不必在我們面前顧形象了吧。而且看妳吃得這麼高興，做菜的人也會覺得很有成就感。」

因為有人津津有味地享用自己的料理，對廚師而言就是最大的幸福。

莉絲紅著臉開始大吃，令我感到一陣滿足。

在那之後，熱鬧又祥和的慶功宴結束，在收拾餐具的途中，我發現一件事。

「艾米莉亞，妳的尾巴怎麼了？」

「咦!?那個……這是……」

艾米莉亞的尾巴毛有點亂掉。

她和雷烏斯不一樣，尾巴的毛總是很整齊，我覺得挺稀奇的便開口詢問，艾米莉亞卻露出大受打擊的表情。

「怎、怎麼了!?有這麼嚴重嗎？」

「竟、竟然在天狼星少爺面前疏於整理儀容……我這個隨從真不稱職。」

仔細一想，艾米莉亞今天在交換戰打得很激烈，比賽結束後又忙於採購和準備慶功宴，想必是沒時間慢慢梳毛。

「怎麼會，妳很盡職啊？來，坐到這邊。」

「咦!?」

我拿著艾米莉亞用的梳子，坐在客廳沙發上拍拍旁邊的空位，艾米莉亞就興奮地跑過來坐下。

她把毛茸茸的尾巴放到我大腿上，我用梳子溫柔地幫她梳毛。

「呵呵……呵呵呵……呵呵呵……」

尾巴對獸人來說很重要，只有信賴的人可以碰。也就是說幫她梳毛是一種獸人特有的愛情表現，是家族或情人才會做的行為。

「姊姊……好好喔。」

「等會兒也會幫你梳，你先等一下。」

艾米莉亞尾巴微微抖動，大概是在忍耐不要因為太高興而搖來搖去吧。

我只梳了幾分鐘而已，艾米莉亞卻幸福地撫摸自己的尾巴。

「好幸福……」

「大哥，輪到我了！」

梳完說不定會直接升天的艾米莉亞，接著輪到雷烏斯。

他帶著跟姊姊一模一樣的表情坐到我旁邊，我接過他遞給我的梳子，梳起雷烏斯毛有點亂的尾巴。

「喔喔……喔喔！」

艾米莉亞喜歡輕輕梳，雷烏斯則偏好用力一點。此外，他們用的梳子是固定的，用不同的梳子梳會有點不開心。好像是會挑刷毛的硬度和粗度。

儘管有些麻煩的部分，能看到他們這麼開心的表情，這點小事根本不算什麼。

梳完雷烏斯的尾巴後，我背對沉浸在幸福中的姊弟倆坐到桌子前，發現莉絲認真地盯著我。

我幫兩姊弟梳毛時，她始終面帶微笑，現在卻帶著彷彿做了什麼覺悟的堅定眼神。

「嗯……妳似乎有話想對我說？」

「是的！其實我有件事想拜託您。可以請您……收我為徒嗎？」

「……妳認真的？」

我心想「怎麼突然提出這種要求」，不過看她的表情，莉絲好像不是在和我開玩笑。

「方便告訴我原因嗎？」

「是。我是因為父親的命令才進這所學校念書，不是出於自己的意願。因此我沒有目標……覺得只要練習魔法，不要被其他人發現我看得見精靈就行了。」

莉絲有如在述說英雄的事蹟，對我投以崇拜目光。

「可是……看到各位戰鬥的模樣，我決定了。我也想變得有能力幫助他人……就像您救了我一樣。」

「所以想拜我為師嗎……？」

「是的。因為我現在很弱。就算看得見精靈，也不能好好運用祂的力量，只對回復魔法有自信。所以……我想變強。我想變強到能與各位並肩而行，而不是躲在後面而已。」

莉絲明確表達出自己的意見，直盯著我，我回望她的雙眼，她也一直沒有移開視線。

我想是本來就存在於她心中的想法，因我們而爆發了。

「拜我為師就要接受嚴格的訓練。我的訓練辛苦到連雷烏斯都會抱怨喔。」

「啊!?大哥，不要說啦！」

「我聽艾米莉亞說過。雖然不知道什麼時候才能跟上各位的腳步，我會拚命努力的。所以……麻煩您了！」

莉絲拚命拜託我，姊弟倆不知何時也站了起來，用目光哀求。

真是。明明不關自己的事，竟然對我露出那種棄犬般的眼神……他們跟莉絲感情真的很好。

「我說不定會濫用妳的精靈喔？」

「不會的。看艾米莉亞和雷烏斯那樣就知道了，天狼星同學不會做那種事。而且……我相信即使您要利用我，也絕對不會用來做壞事。」

是沒錯，至少我不會逼她做違背自身意願的事。

我們才認識沒多久，她會不會太信任我了？不過只要我負責鍛鍊她識人的眼光就行。

更重要的是，我已經在想藉助水精靈的力量可以把她的魔法能力提升到什麼地步……早就準備答應她。

兩姊弟也很喜歡她，想必莉絲能和他們成為益友，以及互相切磋的勁敵。

「知道了。我同意妳拜我為師。」

「真的嗎！」

「嗯。可是訓練真的很嚴格喔，妳要做好覺悟。」

「是！今後請您多多指教，天狼星前輩！」

「呃……為什麼要叫我前輩？」

「我既然拜您為師，您就是我的前輩，稱呼您老師又會與學校的老師混在一起，叫您天狼星少爺也不太對。」

「雖然我不會對妳用敬語，別忘了我年紀比妳小喔？大可直接叫我名字……」

「因為我是您的學生嘛。請您不要在意，天狼星前輩。」

唔……好吧，既然她都這麼說了。

就這樣，我多了一名弟子。

名叫妃雅莉絲。

暱稱莉絲，是個看得見水精靈的溫柔女孩。

我看著成為我的弟子，開心地與兩姊弟相擁的莉絲，思考未來的事。

總而言之，考慮到其他人之後可能會發現她看得見精靈，至少得把她鍛鍊到足以保護自己。

首先……從增強體力開始。之後再看看她的適應力和她自己的意見，調整訓練方式。

包含種族在內，莉絲和兩姊弟無一處相同，得為她制定專用的訓練計畫。

辛苦歸辛苦……光想就覺得會很愉快。

扯點題外話……艾米莉亞一直在摸自己的尾巴，直到她回宿舍前。

她很有可能講得出「我這輩子再也不洗尾巴了」這種話，因此我抱持開玩笑的心態對她說……

「回去要洗尾巴喔？」

「怎麼這樣!?」

「呃……這是當然的吧。」

「但我不想忘記這股餘韻……啊，對了！只要和您一起洗澡，請您幫我洗——」

「駁回！」

艾米莉亞啊……妳究竟要去往何方？

《終章》

莉絲拜我為師後，過了幾天……今天她也跟我們一起在鑽石莊附近慢跑。

「沒錯，就是這樣。要維持規律的呼吸。太過勉強反而會害自己不舒服喔。」

「呼……呼……是！」

莉絲乍看之下是名普通的少女，體力卻意外地比同年紀的女孩好。

據她所說是因為住在故鄉時，當過冒險者的母親會帶她一起去山上打獵和採野菜，到處跑來跑去。莉絲看起來聽話老實，其實心靈很堅強，明明從來沒看過那種料理，還敢大膽地把我做的菜送入口中，八成也是因為這樣。

然而那也只是「好了一點」的程度，緊要關頭仍然靠不住。

因此我跟撿到兩姊弟時一樣，叫她慢跑鍛鍊體力。

莉絲是體力較差的人族，和基礎體力較高的銀狼族姊弟不同，訓練量當然有經過調整。

「再跑一圈就結束。最後一圈！」

「加油！莉絲。」

「莉絲姊加油！雖然很辛苦，等等吃的飯會超好吃的喔！」

「呼……嗯！」

我叫習慣這套訓練方式的兩姊弟背著重物跑，即使如此他們還是早一步跑完，陪在莉絲旁邊為她加油。

「再……一下就……啊嗚⁉」

可是莉絲已經累得站不太穩，在終點前跌了一跤。

兩人擔心地跑到她身邊，我卻阻止他們，跪在莉絲前面看著她。

「莉絲，站得起來嗎？」

「呼……站得……起來！」

「是嗎？不用急，慢慢站起來。然後靠妳自己的力量……」

「嗯，跑完最後……一圈……」

她搖搖晃晃站起身，靠自己的力量跑完全程。艾米莉亞攤開毛巾，接住累得差點不支倒地的莉絲。

「辛苦了，莉絲。」

「嗯……我很……努力……」

完成訓練的莉絲臉上浮現滿足笑容，兩姊弟也為她感到高興。

不過……莉絲真是在好的意義上出乎我的預料。

和兩姊弟那時一樣，我收莉絲為徒的隔天就叫她跑到再也跑不動，測量她的體力。

接著是為莉絲制定她專用的訓練計畫，但我決定先把訓練量加重一些，之後再配合莉絲的狀況做更動。這是為了見識她的覺悟。我想知道她是不是一時衝動才拜我為師，想知道她渴望變強的意志有多麼堅定。

要是她嫌太累可以減輕訓練量，如果她說自己辦不到，想要放棄，我也考慮過叫她別再接受我的訓練，然而無論莉絲流了多少眼淚及汗水、多少次差點累得昏倒，都從來沒有說過要放棄。

艾米莉亞和雷烏斯不斷在旁邊鼓勵她或許也有幫助，但莉絲想要改變自己的決心，說不定就是這麼強烈。與外表相反，她是個毅力不輸給兩姊弟的女孩。

我觸摸累到動彈不得，讓艾米莉亞幫她擦汗的莉絲的頭，發動「掃描」……除了疲勞之外，沒有偵測到任何異常。

之後只要叫她休息，一邊對她使用再生能力活性化就行了吧。

「好，早上的訓練到此結束。莉絲休息到我做好早餐。」

「好的……我肚子……好餓……」

「我也餓扁了！」

「要先補充水分和把身體擦乾淨唷。」

我在鑽石莊的空房間整理好儀容，對莉絲使用再生能力活性化讓她小憩一會兒，才開始準備早餐。

等到早餐做好，我把莉絲叫起來，大家一起合掌向上帝祈禱後才開動。

「好好吃！大哥的煎蛋捲超讚的！」

「天狼星少爺，請用，我把您的份切好了。」

「謝謝妳。莉絲，吃不下的話喝點湯也——我好像白操心了。」

「嚼嚼……請幫我再添一碗飯。」

莉絲雖然有睡一下，疲勞應該還沒完全消散才對，但她竟然添了第二碗飯。看來她和姊弟倆一樣，也是個擁有鐵胃的人。

由於我的徒弟們都很會吃，早餐我準備了將近八人份，不過他們三個都瘋狂把食物往嘴裡塞，盤子已經快被清空了。

「好好吃……再多我都吃得下……」

我看過好幾次莉絲的吃相，她吃東西真的都吃得津津有味。

她的食量與雷烏斯差不多，甚至比他還大，動作卻跟貴族一樣極其優雅。我從來沒看過她張大嘴巴吃飯。

喝完第二碗湯的莉絲好像還吃不夠，將視線移到我身上。

「那個……」

「要再來一碗嗎？別客氣，沒什麼好害臊的。」

「對呀莉絲，幫妳添大碗一點可以嗎？」

「……嗯！」

「我也要再來一碗！」

雖然大家吃得很多，我們正值發育期，又會靠運動消耗熱量，所以不會發胖。實際上，一直大吃大喝長到這麼大的兩姊弟，身上幾乎沒有多餘的脂肪。

之後我們去學校上完課，回到鑽石莊，再度開始訓練。

艾米莉亞和雷烏斯在附近做以往的訓練，我和莉絲則跑了幾圈做暖身運動，一起練習魔法。

「我再強調一次，重要的是要用腦袋想像。這和學校教的不同，但我們就是這樣施展魔法的。」

「看過各位戰鬥就會明白了，可是就算您叫我想像……果然不簡單呢。」

「哎，聽了就學得會就不用那麼辛苦囉。我們先從平常用的魔法開始，今天練習一次做出十顆水球吧。」

「咦!?我還只能做出四顆……」

「不行，不能認定自己辦不到。而且妳不是有精靈嗎？想辦法和精靈心靈相通，讓祂控制魔法如何？」

「和精靈……我試試看！」

想像的訣竅我可以鉅細靡遺地教她，但關於精靈的知識我是聽菲亞說的，只能不斷從錯誤中學習。

我看著集中魔力和精靈對話的莉絲，這時做完訓練的姊弟倆來到我們旁邊。

「天狼星少爺，我也來幫忙。」

「大哥，我們結束啦！等等來打練習賽吧！」

「好，等莉絲做完訓練。」

「……拜託！啊……成功了……我成功了！」

「妳學得挺快的嘛。按照這個步調進入下一階段吧。」

「是，麻煩您了！」

和諾艾兒與迪分別雖然有點寂寞，但我有了新的徒弟和新的邂逅。

學校生活才剛剛開始，但我有還需要人照顧的兩姊弟，以及在眼前歡呼的莉絲要栽培，每天都過得很充實。

番外篇《我們的寶物》

——諾艾兒——

和天狼星少爺分別，轉眼間就過了一年。

現在……少爺他在做什麼呢？

說不定正在學校大鬧，把貴族們打到五體投地。

艾米八成還是老樣子，整天黏在天狼星少爺身邊，雷雷應該也跟以前一樣，每天都精力十足地練劍吧。

對了，之前大家寄來的信上寫著艾米交到新朋友，天狼星少爺則收了新徒弟。

看來大家在學校過得很好，我也可以放心了。

至於我們……

「姊姊！」

房門忽然打開，我的妹妹之一諾琪雅將我拉回現實世界。

討厭。人家正在午後的房間思念天狼星少爺，扮演知性優雅的太太耶……氣氛都被諾琪雅破壞光了啦。

「什麼叫『知性優雅的太太』啦！就算妳懷有身孕，這樣未免太頹廢了！」

「咦──？有什麼關係，是迪先生叫我休息的。」

我挺著鼓起來的肚子讓諾琪雅看，她無奈地搖搖頭。

懷孕的媽媽很辛苦耶，幹麼嘆這麼一大口氣。

「唉……小寶寶出生後我得負責監視妳，免得妳偷懶……」

「放心啦。寶寶出生後姊姊會努力工作的！我會照顧小孩、工作和扶持迪先生，成為人人稱讚的美麗人妻！」

「迪先生竟然願意娶妳這麼吊兒郎當的人，真是奇蹟。」

嗯……妳嘴上這麼說，姊姊可是知道的唷，諾琪雅妹妹很～崇拜迪先生。

妳也長大了，迪先生又是個可靠的男人，所以不能怪妳迷上他，但我絕對不會因為妳是我妹就把迪先生拱手讓人！

「姊姊，妳幹麼突然露出這麼恐怖的表情……」

「沒事沒事～對了，妳找我做什麼？」

「啊，對喔。賈德先生來了，我來叫妳過去。」

「真的嗎？這次他來得真快。」

「他說因為有人託他送很重要的東西。就是那個啦，妳的主人天狼星少爺的信——」

「有信就早說嘛！」

「啊，姊姊，妳這麼急，肚子裡的寶寶會——呃，喂——！」

身後傳來諾琪雅的吶喊聲，但我無視她直接走到外頭。她平常雖然很囉嗦，其實是個非常會為姊姊著想的可愛妹妹。

為了避免給寶寶增加負擔，我慢慢走到外面，看到賈德先生坐在印著賈爾岡商會標記的馬車裡，和我的丈夫迪先生講話。

「妳來啦。肚子還好嗎？」

「放心，親愛的。你叫我不要太累，可是不動一下對身體也不好。」

「諾艾兒說得沒錯。你太神經質了。」

「你懂什麼。」

「呃！對啦。連女朋友都沒有的我怎麼會懂。」

儘管他們一副隨時會吵起架來的樣子，這兩個人一直都是這種感覺。這就是所謂的「感情好到會吵架」嗎……男人真不可思議。

「比起吵架，先給我看信啦，信！聽說你帶了天狼星少爺寫的信，是真的嗎？」

「是啊。來，這是給妳的。」

我打開信封，裡面裝著三張紙。

字跡工整的信是天狼星少爺寫的，措辭彬彬有禮、字跡可愛的是艾米寫的，字有點潦草、把整張紙寫滿的是雷雷。

一封信就看得出大家的個性，好有趣。之後再慢慢看吧。

「你的是這個。不只是信，還有要給你的貨物。」

賈德先生把信交給迪先生後，還從馬車搬了用兩隻手才抱得動的木箱下來。

這個……莫非是!?

「我大略看了一下信，天狼星少爺好像寫了新料理的食譜給我。這就是它的材料。」

「不愧是天狼星少爺！這次他究竟發明了什麼樣的料理……」

「新料理啊。喂，也讓我嘗嘗看。」

「好啊。幫我把那個木箱搬進去。」

「小事一樁。現在是進貨時間所以沒客人對吧？我直接從正門進去囉。」

「麻煩你了。」

賈德先生抱著木箱，走進我們半年前開張的店。

店名叫……艾莉娜食堂。

這是用我和迪先生珍視之人的名字命名，用天狼星少爺贊助的資金開的店，是我們重要的店。

現在是進貨時間，因此裡面沒有半個客人，但時間到了店裡就會座無虛席，是在鎮裡小有名氣的店。甚至還有隔壁鎮的貴族特地過來吃迪先生做的料理。

這段路雖然不好走，現在的我們也像天狼星少爺一樣，過得很順遂。

賈德先生把木箱放在食堂內的桌子上，準備打開蓋子時，我的家人紛紛聚集而來。在這間店工作的我的三個妹妹，以及迪先生的弟子——我的弟弟，興味盎然地等待蓋子打開。

「……嘿咻，打開咧。你確認一下內容物。」

「嗯。」

迪先生從箱子裡拿出好幾瓶裝著五顏六色粉末的容器，還有小小粒的細長型白色種子……看起來統統不是食物。

「迪先生，請問這些是什麼東西？」

諾琪雅開口詢問，迪先生把信放在旁邊，將細長型的白色種子放在手心上。

「這東西好像叫作……『米』，煮熟後會變得很好吃的樣子。」
「那這個綠色和黃色的粉呢？」
「把它們混在一起可以做成香料。信上有寫配方，總之先做做看吧。」
「哦，到底要怎麼做——呃，這啥東東？」
賈德先生從旁邊探頭看信，納悶地歪過頭。
「這個奇怪的文字是？你看得懂啊？」
「那當然。這是天狼星少爺教我們的文字，叫作『日文』。」
「這樣就算被其他人看到，食譜也不會傳出去，只有學過日文的我們看得懂。」
「噢……年紀輕輕就考慮得這麼遠。老闆真是個深不可測的人。」
由於天狼星少爺發明的加工食品大受好評，賈爾岡商會現在生意興隆。託少爺的福，妨礙賈爾岡商會的敵人也除掉了，因此賈德先生非常感激少爺。
呵呵呵……看來賈德先生也發現天狼星少爺有多麼優秀。身為隨從的我感到十分驕傲。
「嗯……配方好像會隨肉的種類更動。我記得店裡有剩一些雞肉，就把這兩瓶香料加多一點……」
迪先生比對著裝香料的容器，露出廚師的表情。
啊啊……迪先生還是一樣帥。溫柔的你當然很迷人，不過進入料理狀態的你，我也最喜歡了。

所以諾琪雅，就算妳用少女般的眼神看迪先生，我也絕對不會把他讓給妳。

「好……我懂了。阿拉德，去準備一下。」

「瞭解。」

阿拉德是小我三歲的弟弟。

他很崇拜當廚師的迪先生，便拜他為師，現在每天都在精進技術。

我目送迪先生和阿拉德走進廚房，一邊看大家寫給我的信，一邊等待他們，不過……

「這麼多粉混在一起，真的做得出來嗎？這樣味道會變得亂七八糟吧。」

現在可不是看信的時候。

我得告訴諾琪雅天狼星少爺有多麼偉大！

「諾琪雅！天狼星少爺怎麼可能會送那種東西給我們。那可是少爺送來的東西，肯定做得出最美味的料理。」

「妳講過很多次天狼星少爺很厲害了。是說那個人幾歲呀？」

「少爺真的很厲害。快要十二歲囉。」

「……妳沒騙我吧。」

諾琪雅果然不相信，可是這也不能怪她，畢竟她沒見過天狼星少爺。

既然如此，只能靠迪先生的料理了。

我滿懷期待，邊看信邊等待他們煮好菜。

過了一會兒，廚房傳來一股香味。

那種……會讓人肚子餓的香味。我下意識吞了口口水。

妹妹們也一樣被香味吸引，跑來偷看廚房。

「……完成。」

「做好了！」

料理終於完成。

迪先生端來一個大鍋，裡面裝著紅得異常的湯汁，阿拉德則拿來一個裝滿一粒粒白色物體的鍋子。為什麼要用兩個鍋子？

在我疑惑的期間，兩人將鍋子放到桌上，確認大家都到齊後，迪先生開始解釋這道料理。

「好像要把這鍋紅色湯汁淋在這個白色的米上吃。這是叫作『咖哩飯』的料理。」

「原來要配在一起吃呀。是說這鍋白色的東西怎麼溼溼的？」

又溼又黏的，我從來沒看過這種料理。我有點懷疑這東西真的好吃嗎，但天狼星少爺做的菜很多都是看起來奇怪，實際上超級好吃的料理。

這次的料理一定也很美味。

「本來米應該是更鬆軟的食物，我們好像沒控制好水量和火候。」

「不過味道沒問題喔。竟然想得到這種料理，天狼星少爺真的好厲害！」

阿拉德八成先試吃過，眼中閃耀光芒。

呵呵呵……我就說吧，我就說吧！不用親自現身也能令人臣服的威嚴。這正是天狼星少爺的實力！

「我知道老闆很厲害，所以快點開動吧？這味道害我快忍不住了。」

「快點啦。」

「阿拉德哥哥！」

「哇哇！我馬上盛給你們，不要急！」

大家目光如炬，感覺隨時都會撲到阿拉德身上。

這樣不行唷。天狼星少爺的料理要靜靜等待，慎重地品嘗。

若是以前，我應該會和妹妹們一樣圍在阿拉德旁邊，但現在的我不同。

我要靜靜等待阿拉德擺好盤子……靜靜地……

「阿拉德！快點盛給我一盤！」

「等一下啦，姊姊！」

……我沒能控制住內心的野性。

迪先生拍拍逼近阿拉德的我的肩膀，把盤子遞給我。

「妳的份在這。這道料理有點辣，所以我幫妳做了比較不辣的。」

「親愛的……」

「要多吃點喔。」

啊啊，親愛的果然最棒了！我愛你！和你結婚真的太好了！

「姊姊!?妳幹麼突然開始跟迪先生深情對望啦！」

「噢，糟糕。那我就不客氣囉。」

「嗯。」

所有人都分到湯後，我們將白米和湯汁拌在一起的咖哩飯送入口中。

下一秒大家都含著湯匙靜止不動，過了一會兒急忙拿水猛灌。不過，大家看起來都很滿意。

「好辣！可是……好好吃！」

「味道好濃郁，會讓人上癮。可以再來一碗嗎？」

「對不起，咖哩是還有，但米不太夠所以一人只有一碗。要不要拿麵包沾著吃看看？」

「阿拉德，這主意不錯。有個食譜是把咖哩塞進麵包裡拿去炸，做成『咖哩麵包』。」

「聽起來很好吃。總之我去拿麵包來。」

不知不覺，我也一下就吃完了。

迪先生說得沒錯，我的咖哩沒那麼辣，很好入口。老實說我還想再吃一點。

「諾艾兒，我的份也給妳吧？我的跟妳一樣沒那麼辣，妳也可以吃。」

「那你怎麼辦……」

「妳懷有身孕，我能為妳做的也只有這點小事。」

我們獸人和人族不同，懷孕會變得很會吃。

聽說是因為獸人的本能會想讓自己生下強壯的孩子。

不管怎麼樣，我最近食量變得很大，令人困擾。怎麼吃、養分好像都會跑到肚子裡的寶寶那邊，每天都餓到不行。

迪先生看我肚子餓，都會為我準備營養的料理，也會把他的份分給我。

「怎麼會是『這點小事』呢。你幫了我很多忙……」

「妳也幫了我很多忙。妳是我努力的動力。」

「親愛的……」

「諾艾兒……」

「姊姊！」

不行不行，我又不小心重新迷上迪先生了。

諾琪雅的聲音令我回過神來，再讓人家沉浸在迪先生的愛情中一下又不會怎麼樣……

「賈德，這道料理的材料……」

「交給我吧！下次進貨我會帶一堆來，要再做給我吃喔。」

「那當然。」

這道料理已經準備量產化，迪先生正在和賈德先生確認契約內容。

由於兩人認識多年，賈德先生本來就會給迪先生一點折扣，但這次的金額比想像中還低，迪先生不禁嚇了一跳。

「……會不會算我太便宜了？這樣你賺不到什麼錢。」

「噢，這是老闆的命令。他叫我把託他的福賺到的錢分給你們。」

賈德先生說，這些商品一部分的利潤會分給天狼星少爺當報酬，當成他發明的加工食品的情報費。

而天狼星少爺竟然希望他把一些報酬拿去抵我們這幾年的進貨費。

「我們不能收少爺這麼多……」

賈德先生看到我試圖拒絕，搖搖頭把手放在迪先生肩上。

「雖然這話由我講怪怪的，這家店才開了半年，你們也稱不上手頭寬裕吧？所以乖乖收下老闆的好意，老闆也會高興的。」

「說得……也是。諾艾兒，信……」

「是！我會在信裡向少爺道謝！」

我和迪先生默默向身在遠方的少爺道謝。

即使和我們有著千里之隔，少爺仍然惦記著我們。雖然還得等好幾年才能與少爺重逢，真想快點見到他。

「……天狼星少爺真偉大。」

「對吧！妳總算明白了。」

「那個……還好啦。畢竟還是要親眼見過才知道。」

真是……直說妳覺得少爺很厲害不就得了嗎？

要不要寫信和少爺商量看看？「我妹不肯承認您有多麼偉大」。嗯……可是總覺得天狼星少爺會回「這事一點都不重要吧」。

對對對，說到信，我想起來了。都是好吃的咖哩害我忘記，這次的信上寫了重要的事。

「親愛的，天狼星少爺終於想好了！」

「真的嗎！」

我把等待咖哩煮好的期間看完的信交給迪先生。

之前……我們拜託天狼星少爺幫忙想小孩的名字。

懷孕之後，我寫信請天狼星少爺幫我們的孩子取名，天狼星少爺卻說那是父母的權力，拒絕我們。

但我不斷拜託他，天狼星少爺才終於答應，在這次的信上寫了他想的名字。

男生的話叫……迪蘭。

女生的話叫……諾娃兒。

「之後……就是等你出生囉。」

我摸著肚子，對肚裡的寶寶說。迪先生也溫柔撫摸我的肚子。

「迪蘭和諾娃兒嗎……好名字。」

「嗯，我也這麼覺得。之後也要繼續加油唷，親愛的。」

「交給我吧。妳和這孩子……由我來守護。」

呵呵……這孩子會是男生呢，還是女生呢？

男女都好，要快點出生唷……我們的寶物。

然後和爸爸媽媽一起服侍天狼星少爺。

番外篇《挑戰者》

——萊奧爾——

老夫與天狼星道別，離開住了數十年的家踏上旅途後……時隔數日。

老夫住的森林別名為「破滅之森」，面積大到會害人迷失方向，裡面還有中級冒險者聯手對付都嫌危險的魔物在昂首闊步，是座恐怖的森林。

然而，老夫一劍就能劈死那些魔物，對老夫來說這裡就只是座大森林。

老夫一面嚼著魔物的烤肉一面前行，沒有遇到值得一提的阻礙，終於走出森林，來到街道上。

這時老夫發現一件事……感到強烈的後悔。

「唉……失策……」

獨處時容易自言自語，因此老夫特別留意，但這次老夫連克制不要自言自語的力氣都沒了。愛劍背起來比平常還重，老夫無力地走在路上，凝視那傢伙所在的方向嘆了口氣。

「為何老夫……沒有邀那傢伙同行？」

想要走遍全世界的天狼星之所以去學校上學，是為了等自己長大。

原因在於未成年人就算有實力也不能加入冒險者公會，小孩子也比較容易遇到麻煩事，但老夫剛才想到，只要老夫當他的監護人不就得了嗎？

當然，那傢伙也有可能拒絕老夫，然而老夫比起後悔說出口，更討厭後悔沒說出口。

而且考慮到他的個性，他答應老夫的可能性或許並不低。

思及此……老夫便覺得後悔莫及！

「唔啊啊啊啊啊——！此乃老夫畢生最大的失敗！」

活到這把年紀，老夫的人生都在鑽研劍術。

老夫熱愛戰鬥，只要能與強者對決便是幸福。

這個事實至今仍未改變……只不過老夫現在多了三個樂趣。

首先是天狼星。

那傢伙是老夫的勁敵兼摯友，年紀輕輕，內心卻是超越老夫的怪物，老夫和他的比試仍是敗場居多。

如今和那傢伙交手也是老夫的生存意義，目標是徹底贏過他。有個人生目標果然不錯。

接著是那傢伙帶來的艾米莉亞。

她是天狼星的弟子兼隨從，可愛的銀狼族女孩。

天狼星把她介紹給老夫時，聽到她叫老夫「爺爺」……老夫大受感動。

老夫一心鑽研劍術，因此只有弟子，沒有小孩。本以為老夫這樣的人應該完全不會想要抱小孩或孫子……當時的喜悅老夫依然忘不了。

那傢伙說老夫是笨爺爺，老夫只是覺得艾米莉亞可愛而已。千萬不要誤會。

接著是艾米莉亞的弟弟……好像是叫雷烏斯？

老夫的原則是只會記自己賞識的人的名字，不過那小子對力量的渴望值得稱讚，從來沒贏過卻仍然不斷挑戰老夫和那傢伙的意志力也很不錯。外加天生的動態視力，是個總有一天八成會超越老夫的人才。

不過……老夫絕對不會在他面前這麼說。等到他能讓老夫使出五成實力，老夫再用名字叫那小子。

小子是天狼星的徒弟，或許也可以說是老夫的徒弟。

他年紀還小，卻與老夫有幾分相似，老夫一時興起，就不小心教了他各種劍技。鍛鍊每次見面都有顯著成長的小毛頭還挺有趣的。

老夫竟然就這樣放掉和他們一起旅行的機會，沒有採取任何行動！

如今回想起來，實在太可悲了。順利的話就能與可愛的艾米莉亞在一起，還能鍛鍊那小子，也能隨時與那傢伙交手。

結果那傢伙帶著艾米莉亞和小子去學校……老夫則獨自踏上旅程。

老夫並不討厭旅行，但那傢伙真令人羨慕啊。

「老爺爺危險！快閃開！」

在老夫邊想邊走路時，背後有人對老夫大叫，老夫便讓到一旁。

下一刻，一輛速度快得異常的馬車從老夫旁邊經過，過沒多久速度就迅速下降，完全停住。看來是馬跑不動了。

老夫沒義務幫忙，因此打算直接走過去，這時身後再度傳來人聲。

「嘿嘿，終於停下來啦。」

「害我們費這麼多工夫。你們無路可逃囉。」

老夫回頭一看，數名男人騎在馬上，嚷嚷著靠近這裡。

唔……那群人是盜賊。但這事與老夫無關，因此老夫繼續前行，沒有多加理會，停下來的馬車裡卻跑出一對男女擋在老夫面前。
「這、這位冒險者先生！可以請您救救我們嗎？」
「是的。看您背著這麼一把大劍，肯定是有名的劍士！」
「呣……是在問老夫嗎？」
「有名嗎……」
老夫的名字確實早已傳遍天下，那些盜賊只不過是路邊小卒。
然而……說實話，老夫嫌麻煩。強者也就罷了，現在的老夫無心與路邊小卒交手。
老夫本想留下拚命哀求的兩人離去……
「爸、爸爸，我們……不會有事吧？」
「不可以出來，躲在馬車裡！求求您，多少錢我們都願意付！」
「請您救救我們！」
「那女孩……是你們的女兒嗎？」
「是的。不過請您把女兒留給我們！我們是行商，付得出錢的！」
「老夫又不是要你們的女兒！沒辦法……你們躲裡面去。」
從馬車探出頭的少女，令老夫想起艾米莉亞。
外表完全不同，只有年齡勉強算接近……可是既然老夫不小心看見，就不能見死不救。

老夫是這樣子的人嗎？

不，老夫是因為險些被天狼星殺掉，重新蛻變了。這點小事就足以構成讓老夫揮劍的理由。

「啊？怎麼回事……有個好大隻的老頭耶？」

「喂，老頭子。我們有事找後面那輛馬車的人。把值錢的東西留下後就快滾。」

「這麼大一把劍你揮得動嗎？想靠武器威脅人，麻煩找個更適合的吧。」

老夫一站出來，這群盜賊就開始嘲笑老夫。

竟然把老夫視為弱者，他們完全沒有危機意識。

是盜賊的素質和以前比起來下滑了嗎？分辨強者可是盜賊必備的能力啊。

「煩死了！有時間在那邊囉哩八嗦不如放馬過來！」

老夫先用氣勢威嚇他們，那群盜賊便當場愣住。

怎麼？莫非老夫只是大聲一吼，他們就怕了？

素質到底下滑得多厲害啊。

「臭、臭老頭！就算你聲音那麼大，我們可是有三個人喔！你少得意了！」

其中一人終於恢復正常，騎馬朝老夫衝過來，揮下手中的劍。

有種進攻是很好……但你揮劍的速度太慢了。

「哼！」

老夫單手用愛劍砍向那名盜賊。

下一刻，對手就連同身下的馬匹被老夫砍成兩半，一分為二的身體掉在老夫身後。

「……什麼!?」

「馬被……咦？剛剛……發生了什麼事……」

老夫一面把沾在劍上的血甩掉，一面心想「感覺還有點遲鈍，果然是因為手被那傢伙砍斷過嗎」。

「怎麼？結束啦？」

「可、可惡！我們從兩邊夾擊！他的劍那麼大把，只要動作快一點——」

「太慢了，蠢貨！」

老夫趁盜賊說話時衝出去，這次瞄準的不是馬，而是盜賊的腦袋。對手的頭像西瓜似的被一劍劈爛，當場喪命。老夫狠狠瞪向剩下那名盜賊……

「哇、哇啊啊啊——!?」

對方卻拔腿就逃。追上去太麻煩了，還是別管他吧。

老夫把愛劍背回背上，躲在馬車裡的商人走出來向老夫道謝。

「喔喔……轉眼間就打倒了兩個人，好厲害的技術！」

「沒什麼了不起的。比起這個，你們的馬沒事嗎？」

「還有一口氣，但我們剛才太勉強牠，得讓牠休息一段時間……」

「一段時間嗎……」

依老夫的直覺，那群盜賊的巢穴就在這附近，剛才那幾個或許只是小嘍囉。

「那個逃走的說不定會帶人回來報仇。勸你們放棄馬車，盡速離開這裡。」

「怎麼會!?要是沒了馬車和商品，我們該靠什麼維生……」

「仔細想想性命和商品哪個比較重要吧。再會。」

「那個，關於您的報酬……」

「不需要。」

老夫是自願幫忙的，並不打算向他們收錢。

盜賊會來報仇只是老夫的直覺，只要馬在那之前恢復就不會有事，因此老夫無須留在此地。

然而，正當老夫準備轉身離開……

「欸，媽媽。是那個老爺爺救了我們對不對？」

「對呀，老爺爺真的很厲害唷。不過不能讓妳看見就是……」

老夫無意間看到剛才的女孩與母親站在一起的畫面。

唔……那女孩果然和艾米莉亞一點都不像，可是放著他們不管也怪彆扭的。

「喂，商人。」

「是！有、有什麼事嗎？」

「老夫有個提案……」

老夫走出森林後過了一段時間，天空慢慢染上橘色。

再過不久太陽就會完全下山，老夫卻和商人一家在路旁休息。不對，商人一家在擔心盜賊來襲，休息的人說不定只有老夫。

「他們真的會來嗎？」

「沒來不是正好？就算來了也不構成大礙。」

老夫之所以留在這裡，是為了保護他們直到馬恢復體力。到明天，馬應該就會復原了吧。

老夫從男商人手中接過裝了茶的杯子，靜靜凝視盜賊離去的方向。

「你也挺有志氣的嘛。雖然自己這麼講很奇怪，虧你敢相信這麼可疑的老頭子。」

「即使我們丟掉行李逃走，除非我們找到謀生工具，否則結果跟捨棄性命保護商品是一樣的。我們剛才親眼見識到您的實力，所以選了比較有可能活下來的選項，僅此而已。」

「原來如此。對了，老夫因為遠離俗世已久，對外頭的狀況不甚瞭解，方便的話希望你們回答老夫幾個問題。」

「好的。如果我知道的話。」

老夫長年隱居在森林內，考慮到之後還要繼續旅行，收集情報也是必要的。

「老夫是為了變強才踏上旅途，你知道哪裡找得到強者嗎？」

「這個年紀出去旅行!?啊……不、不好意思。可是，我從來沒看過比您還強的人。您都這麼厲害了，還會想變強啊？」

「那當然。有個比老夫還厲害的傢伙，為了徹底打倒他，老夫必須變得更強。」

「要找厲害的人，去競技場怎麼樣？」

少女聽見老夫與商人的對話，插了一句。

商人連忙叫少女離遠一點，大概是怕她插嘴會惹老夫不開心吧，然而老夫制止了他，拜託少女繼續說。

「我聽說競技場是這塊大陸最熱鬧的地方，有很多很強的人。」

「是嗎……原來有競技場啊。在哪個方向——噢，果然來了。」

老夫正準備問競技場在哪裡，就感覺到疑似盜賊的氣息正在接近。

老夫站起身，把手放在少女頭上。

「抱歉，老夫好像該上工了。可以等等再和我說嗎？」

「嗯、嗯……知道了。」

老夫叫商人速速躲起來，背對馬車等待敵人，過沒多久便看到一群男人騎馬接近。

「正是。」

「難道是盜賊!?」

他們來到老夫面前，其中一名男人站出來伸手指向老夫。

「老大！就是這傢伙。這傢伙殺了我們兩個人！」

「就只是個老頭嘛。真的是他？」

「請看那傢伙手上的劍。他用那把劍把馬都砍了！」

「憑那把劍確實做得到。」

被喚作老大的男人懷疑地看著老夫，看到老夫的劍似乎有那麼點相信了。

老夫趁盜賊首領在和手下交頭接耳時，數了下盜賊的人數……

「怎麼會……竟然這麼多人。」

「媽媽！爸爸！」

「別、別擔心。一定……不會有事的。」

「有點超出老夫的預料啊。」

想不到……只有這點人。

老夫本以為至少會有五十人……結果才來了三十個。

而且不要只是站在老夫面前，要包圍老夫啊。證明他們根本沒把老夫放在眼裡。

「喂，老頭子！你竟敢對我的夥伴下手！」

「吵死了。他們自己要攻擊人，遭到反擊不是正常的嗎？你以為只有你們能壓榨別人啊？」

「囉嗦！老大，還沒好嗎？」

「……遵從我命賜予人偶生命……『石人偶』。」

盜賊首領把手掌貼在地面上，周圍的土壤逐漸隆起，出現一隻大到連老夫都得抬頭仰望的巨石兵。

真稀奇。那個首領明明是盜賊卻會使用魔法。

「哦……巨石兵嗎？」

「就算那把劍再怎麼強，你砍得斷這麼大的石頭嗎？去吧，巨石兵！」

什麼嘛，他以為老夫用的是特殊的劍。

這把劍確實附有奇怪的功能，不過基本上就只是把堅固的重劍喔。

而且……

「太小了！給老夫做隻更大的巨石兵出來！」

老夫年輕時和超過三百歲的妖精戰鬥過，那傢伙製造出的巨石兵是這隻的數倍大，身體也是用鐵做的。

這種石頭做的巨石兵和那比起來，薄得跟張紙一樣。

老夫跳到巨石兵胸前閃過它的拳頭，在腳邊一揮輕易砍斷它的雙腿，巨石兵就發出轟然巨響摔到地上。

老夫在目瞪口呆的盜賊們面前用力揮下大劍，給它致命一擊。

「剛破一刀流……剛衝閃！」

這是在揮劍的同時釋放注入劍中的魔力，以衝擊波掃蕩前方的招式。

衝擊波不只是把巨石兵徹底粉碎，還將站在它後面的數名盜賊也一起轟掉。

不過……雖說是岩石做的，這也太脆弱了吧。和天狼星帶給我吃過的豆腐一樣。這麼一想，害老夫突然很想吃豆腐。

「「「……咦？」」」

剩下二十名盜賊統統愣在原地。

你們怎麼回事？不逃的話老夫就進攻囉。

「小子們，幹麼愣在那邊！我們人這麼多，還會怕他一個老頭嗎！」

老夫又用了一次剛衝閃，盜賊人數就變得更少了。

他們似乎終於意識到狀況有多危險，一名年老的盜賊指著老夫大叫：

「那把大劍……這力量……不會錯！那個老頭是盜賊殺手萊奧爾！大家快逃啊！我們統統會被他殺掉！」

「萊奧爾!?怎麼會——嗚啊啊啊啊!?」

「萊奧爾不是那個剛劍嗎!他不是死了——啊啊啊啊!?」

這綽號真令人懷念。

老夫還不怎麼有名的時候，曾經踏上旅途尋找強者，但旅行需要錢，老夫便頻繁狩獵盜賊賺賞金。

和必須留下身體部位才能領賞的魔物不同，對付盜賊不用手下留情，因此對當時的老夫來說，盜賊是珍貴的收入來源。

之後老夫抓盜賊抓得太起勁，摧毀了近百個盜賊團，不知不覺就被冠上「盜賊殺手」之名。

這塊大陸的大人物因為盜賊減少高興得不得了，還來向老夫道謝過。

還有……老夫只是隱居而已，別擅自把老夫當死人。

「快逃！快逃啊！該死……老大呢!?」

「被剛才的衝擊波及，昏過去了……呃啊啊啊!?」

「既然這樣就抓後面的人當人質——」

「白痴！這招對他怎麼會管用——嗚啊！」

「哈哈哈！從獵人變獵物的感覺如何啊？」

唔……動動身體果然不錯。

老夫跳進敵陣中央，盡情揮動愛劍，把盜賊們一刀砍死，逐漸恢復原本的狀態。

其中也有接近馬車企圖抓商人當人質的盜賊，老夫使出剛衝閃阻止……更正，斃掉他。

久違的滅賊任務令老夫幹勁十足，大鬧了一場。

「唔……差不多了吧？」

老夫將愛劍背回背上，環視充滿戰鬥痕跡的街道。

被剛衝閃轟碎的地面、巨石兵的殘骸，以及死法五花八門的盜賊屍體，彷彿經歷過一場戰爭。

由於老夫以保護商人為優先，有幾個盜賊逃掉了。算了，反正已經逮到疑似頭子的人，把這傢伙抓到城內應該多少能拿到一些錢。

在老夫反省自己有點做過頭時，商人鐵青著臉對老夫說：

「那、那個……非常感謝您。」

「沒什麼，你無須道謝。老夫只是胡搞了一場。」

「就算這樣，還是得向您道謝。因為您救了我們是事實，雖然我覺得您好像有點做過頭。」

怕得要死仍然過來向製造出這片慘狀的老夫道謝，這傢伙挺有種的。

「你就當成自己運氣好吧。那老夫也該走了。」
「請等一下，請問您要去哪裡？」
「噢，對喔。老夫想去小姑娘剛才說的競技場。該往哪裡走才好？」
「這、這樣的話要不要跟我們一起走？其實我們也要往那個方向，而且不把盜賊送到城裡不行吧。」
商人不久前還面色蒼白，現在則一臉正經……露出生意人的表情凝視老夫。
「哦，你不怕老夫嗎？」
「怕、怕是因為不知道您的身分。不過那群盜賊的反應和您的力量使我確信了。您就是……那位被世人喚為『剛劍』的萊奧爾大人對吧？」
「老夫並不否定，不過是又怎樣？老夫可是動根手指就能把你殺掉的老頭喔？」
「您想殺我的話早就下手了吧。而且您剛才為了保護我們而戰，我相信您至少不會是敵人。」
合理的推論。
事實上，老夫也想搭個便車。如他們所說，要把老夫抓到的盜賊送到城內，坐馬車會比較輕鬆，行商應該也會做點料理。對於不會做菜的老夫來說，這個主意相當不錯。
「而且和萊奧爾大人同行比找軍隊當護衛還要令人放心。我也是在打這個如意算盤啦。」

「哈哈哈！說得好。竟然說老夫比軍隊還可靠，沒想到你對老夫評價這麼高。」

「看到方才的戰鬥，我相信這麼說並不為過。很榮幸能與傳說見面，剛劍萊奧爾大人。」

商人略顯興奮地伸出手，要求與老夫握手。

老夫回握他的手，一邊心想。

老夫是否……不該再繼續被人這麼稱呼？

「老夫確實叫萊奧爾，但老夫已經不是剛劍。剛劍……已死。」

沒錯……在老夫賭上一切挑戰天狼星，敗在他手下的瞬間，老夫就不再是剛劍。

因此站在這裡的，只是個普通的老頭。

「現在的老夫就只是萊奧爾。即將憑一把劍爬上頂端的男人。」

老夫要回歸原點，從零開始重新鍛鍊。

總有一天要和長大的天狼星再戰……從他手中取勝！

沒錯……因為老夫已是一名挑戰者。

「小姑娘，可以請妳多跟老夫講些競技場的——」

「嗚!?媽、媽媽——！」

……她逃走了。

「對、對不起。我女兒好像被那場戰鬥嚇到……」

「……無妨。」

艾米莉亞看到老夫現在的模樣也會嚇得跑掉嗎？

這樣的話……老夫說不定會一蹶不振。

看來最好在重新鍛鍊時順便學一下該如何自重……

番外篇《突擊，赫爾提亞家》

入學後過了一個月，身兼我的弟子和隨從的兩姊弟，在這段期間成了班上的中心人物。

艾米莉亞擁有會自然而然吸引他人目光的美麗容貌，再加上媽媽教出來的優雅舉止及氣質，在男女生間都很有人氣。雷烏斯與其說朋友多，不如說是小弟多，但他無憂無慮的笑容和天真無邪的個性，讓班上的同學都喜歡找他說話。

外加他們倆實力都很優秀，常看到他們忙著給予同學魔法或劍術的建議。

相對地……老實說，會來找我說話的同學並不多。

同學們好像也不是討厭我，但果然會因為我是無屬性而疏遠我的樣子。

只有馬克會來找我說話，不會在意我的屬性和身分。

雖然我們是因為他想把艾米莉亞挖走才認識，如今我和馬克已經是稱得上摯友的關係。

某天放學後……我和馬克在學校訓練場練習魔法。順帶一提，兩姊弟在附近自己鍛鍊，莉絲被家人叫回去，所以今天先行離開。

至於我們為何放學還待在學校，是因為馬克最近在為魔法難以進步而煩惱，跑來找我商量，我想把我在這個世界發現的魔法理論教給他看看。

然而我的魔法重視的是強烈到彷彿實物就在眼前的想像力，還得把目前學過的魔法與知識統統拋到腦後，以超越自己的極限、拋棄先入為主的觀念。

也就是說，這會與書上和學校教的知識背道而馳，正常人要嘛不知所措，要嘛會嘲笑我，馬克卻笑著點點頭。

「……原來如此，還可以這麼想啊。」

「雖然是我告訴你的，你這麼輕易就相信，沒問題嗎？」

「你的想法確實很特別，但那兩個人不就是受過你的教育才變那麼強嗎？我認為有一試的價值。」

我只是不想跟被既定思考方式束縛住、頭腦僵硬的傢伙起爭執，並非想把這個理論藏著不說。因此若是能夠理解的人，我不會吝於指導。

既然是擁有靈活思緒、渴望變強的馬克，或許會理解我的理論，變得能像兩姊弟一樣使用魔法。

大概是因為自己一直沒有進步吧，馬克立刻開始嘗試我教他的方式。

「在腦中努力想像完成後的魔法。想像自己製造出更大的、超越你以前用的『火焰槍』的炎之槍。」

「只是把體積變大，不會和阿爾斯托羅閣下一樣嗎？」

「他會失控是因為被怒氣沖昏頭，注入太多魔力。而且人類會下意識為自己設下界限。我想想……先想個你覺得自己明顯用不出來的魔法，從強烈想像自己想使用它、能夠使用它開始吧。」

「自己明顯用不出來的魔法……」

我就這樣看馬克練習了一陣子，指出他哪裡做不好，城內的鐘卻在途中響起，通知我們時間已到傍晚。

「……都這個時間了。天狼星同學，抱歉。明明是我拜託你指導我，但我差不多該回去了。」

「沒關係，別在意。你是住家裡對吧？」

「嗯，因為我有很多事得向父親學。宿舍生活是挺有魅力的沒錯，但和父親學習也很重要。」

我詢問詳情，得知馬克白天在學校上課，空閒時間拿來念書和練習魔法，回家後則會跟父親學帝王學。

馬克是還年輕沒錯，但希望他不要累到昏倒……

「身體有什麼問題要立刻跟我說喔？」

「哈哈哈，謝謝你為我操心，不過放心吧，我有在注意身體狀況。」

「那就好。剩下的明天再……明天訓練場沒開啊。」

學校一個月有幾天會放假，叫作「休校日」。

當天學校的設備要打掃、檢查，因此幾乎不能使用，訓練場也包含在內。在我思考「明天就是休校日，下次見面得等到後天」時，馬克拍了下手，好像想到什麼。

「對了！天狼星同學，你明天有什麼計畫嗎？」

「……沒有耶。大概就是和平常一樣做做訓練，去城裡散步吧？」

「那我招待你到我家作客，可不可以請你明天繼續指導我？」

馬克說他家──赫爾提亞家有座巨大的練習場。

在那裡確實就能訓練，可是……馬克家啊。

若是不甚瞭解的貴族，我一定會拒絕，但據威爾老師所說，赫爾提亞家似乎是值得信賴的誠實貴族。

而且除了基於禮貌外，更重要的是我相信我的好友馬克，外加我對馬克家的興趣勝過警戒心，便點頭答應。

「那……我就去打擾一下囉？」

「嗯，別客氣。你那兩位隨從當然可以同行，要帶莉絲同學一起來也沒問題。」

「謝啦。放那兩個人不管我怕他們吵，要說服他們也很麻煩。」

要是我自己一個人去，姊弟倆八成會對我投以棄犬般的眼神，莉絲也會用彷彿在譴責我良心的眼神看著我。

馬克聽見我答應，做出想到什麼的動作後，滿足地點點頭。

「明天上午我有點事要處理，我會派馬車去你住的鑽石莊接你們。」

「不……我們是平民，坐馬車有點奇怪，用走的就好。」

「我並不在意，不過既然你這麼說，就尊重你的意見吧。我回去會和家裡的傭人和門衛說一聲。」

就這樣，我們明天要到馬克家作客。

隔天……

「這裡就是馬克家嗎……」

「我是有聽說赫爾提亞家是艾琉席恩有名的貴族……」

「好大的房子喔。可以塞好幾棟我們以前住的房子進去。」

「可是與其他貴族比起來，這已經算收斂囉？有些貴族重視自己家的外觀，把整棟房子都弄得閃亮亮的。」

艾琉席恩有一塊區域只有貴族住，馬克家也位在其中。

雖然我們是應邀而來，看到面前的巨大宅邸及遼闊的土地，門口還有攜帶武器的門衛站在那裡，便深深體會到馬克果然是貴族。

馬克說他會先知會門衛，所以我們堂堂正正走向門口，對往我們身上瞪過來的門衛說：

「不好意思，這裡是赫爾提亞家嗎？」

「沒錯，你們是什麼人？」

「我叫天狼星，是馬克少爺招待我們來的……」

「天狼星……嗯，帶著兩名銀狼族的少年……跟少爺說的一樣。進去吧。」

我們輕輕鬆鬆就進來了。

由於實在太輕鬆，我忍不住告訴他「應該要搜一下身或是多檢查一下吧」，門衛笑著回答：

「因為這附近很少看到銀狼族。而且只不過是讓幾個帶武器的小孩通過，不足以構成威脅。」

「意思是……你對這裡的警備很有自信囉？」

「基於赫爾提亞家現任當家的意向，這裡的傭人統統具備中級冒險者等級的實力。小心不要惹到我們喔。」

看來赫爾提亞家非常偏武鬥派，看馬克那麼寬宏大量，還真想不到。就聽門衛的話，多注意一點吧。

「大哥，我知道這裡有很多很厲害的人。可以跟他們打嗎？」

「當然不行。」

尤其是雷烏斯……

在穿過大門走向宅邸的路途中，兩姊弟和莉絲興味盎然地觀察馬可家的中庭。

「好漂亮的庭院。園丁一定很講究。」

「這麼大讓人好想盡情跑一圈喔！」

「天狼星少爺，您看。那裡還有羅德維爾校長的銅像。」

「嗯，好大的銅像。」

中庭中央有座工匠做的羅德威爾銅像，完美重現魔法大師的模樣。

是啊……銅像是很有威嚴沒錯，但我知道只要帶蛋糕給他們，羅德威爾校長就會像小孩子一樣和麥格那老師搶蛋糕，所以有種複雜的感覺。

我們走了一段時間才終於來到宅邸前，馬克打開家門迎接我們。

「嗨，你們來啦。」

「馬克少爺，今天謝謝您招待我們到府上。」

馬克身後有一名上了年紀的傭人，因此身為平民的我略為恭敬地和他打招呼，他卻苦笑著搖搖頭。

「我知道我們身分有別，但我家不會在乎這種事，希望你像平常一樣和我說話。」

「……知道了。既然你這麼說，我就照做囉。」

「呵呵，我就喜歡你切換得這麼快。練習前要不要先進去喝杯茶？」

「噢，好啊。還有這是給你的見面禮。冰起來跟家人一起吃吧。」

雖然是他邀我來的，送個見面禮是應有的禮貌。順帶一提我帶給他的是布丁。

然而後面的傭人好像在懷疑布丁有沒有問題，因此我拿出一個讓雷烏斯和莉絲當場吃給他看，傭人便稍微放鬆了警戒。

「你做的點心嗎……真令人期待。來，各位別客氣，進來吧。」

「「「打擾了。」」」

「嗯，歡迎你們來到赫爾提亞家。」

馬克面帶笑容，帶領我們走進赫爾提亞家。

大廳有好幾個傭人排隊向我們行禮，不僅裝飾華麗，打掃得也很乾淨，看起來十分壯觀。除此之外還裝飾著各式各樣的武器，我得到馬克的同意後走近一看，每把武器都有仔細保養。假如我們意圖危害馬克，附近的傭人八成會立刻拿著這些武器朝我們攻過來。

「到貴族家作客」這個陌生的狀況害我有點緊張，我們穿過大廳來到二樓，被帶到已經備好茶具的陽臺。

大家一入座，附近的傭人就俐落地幫我們倒紅茶。艾米莉亞持續觀察他們熟練的動作，目光炯炯有神。

「……原來如此。和艾莉娜小姐教的不太一樣。值得學習。」

我決定別去在意露出專業人士眼神的艾米莉亞，重新和坐在對面的馬克道謝。

「今天謝謝你邀我們來。」

「哈哈哈，不用那麼客套，畢竟是我找你們過來的。大家好好放鬆吧。」

馬克笑著拍拍手，傭人立刻把疑似茶點的點心放到我們面前。我來這裡的目的本來是要幫馬克訓練魔法，可是不需要趕時間，便和他稍微聊了一下，不過……

「這杯紅茶……有點多餘的味道。但這股香味……」

「貴族的點心果然不一樣。我還要一個！」

「請再給我一份。」

我的徒弟們豈止是放鬆，根本把這裡當自己家。

艾米莉亞眼神銳利，鑑定紅茶的品質，雷烏斯跟莉絲又要了一份茶點。我看著他們面帶苦笑，不知為何馬克也和我露出同樣的表情。

他不是在為弟子們的行為感到無奈，而是在煩惱其他事情的樣子。

「……天狼星，其實在開始訓練前，我想讓你見一個人。」

「難道你真正的目的是這個？」

「不，不是的。我想讓你見的人是我哥。我告訴家人要招待你們來，哥哥就說想見你一面。放心吧，不是想拉攏你。」

「那就好。」

確認我答應後，馬克又拍了下手，附近的傭人就靜靜點頭離開。

過沒多久，馬克說的哥哥出現了……

「哈哈哈！哦，你們就是我弟的朋友嗎！」

一名二十歲左右的壯碩男人笑著現身，全身上下洋溢野性氣息，與「優雅」一詞相去甚遠。

他身上雖然穿著貴族會穿的那種華麗服裝，衣服卻被隆起的肌肉撐開來，用力一點感覺就能把鈕扣彈飛。

「向你介紹一下。這位是我哥馬克西米利安。」

「我叫馬克西米利安。多多指教啦，呃……你叫什麼名字？」

「我叫天狼星。我才要請您多多指教。」

馬克西米利安向我伸出手，因此我和他握了手，但他比我年長，身材也遠比我高大，與其說是握手，比較像他把我的手包住。

由於這人用絕妙的力道握住我的手，我知道他是想測試我的實力。我沒打算隱藏，所以稍微用了點力回握，馬克西米利安加強力道，臉上的笑意更濃了。
「哦……你的手不錯喔，有練過。要不要和我交手看看？」
「哥哥，天狼星要陪我練習魔法。」
「是嗎，那就沒辦法了。有空再陪我打一場吧！」
雖然這麼講很失禮，他真是完美體現「大腦由肌肉構成」這句話的人。
馬克西米利安拍了下我的肩膀，跑去和艾米莉亞與莉絲握手，最後是雷烏斯，可是握到雷烏斯時……他頓了一下。
「……哦？」
「唔……唔唔……我才不會輸……」
我和他握到一定程度就收手了，這兩個人好像是真的在比力氣。
然而從我剛剛跟他握手時測出的實力，肯定是馬可西米利安比較有力氣。雷烏斯雖然也有在鍛鍊，小孩果然還是沒辦法贏過大人。
順帶一提，馬可西米利安的衣服承受不住他的力量，釦子早就飛出去了。
「噢……你資質不錯喔。喂馬克，這小鬼也會和你們一起訓練嗎？」
「哥哥，雷烏斯同學是天狼星同學的隨從，請你不要問我，去問天狼星同學。」
「這樣啊。欸，天狼星，我想跟這傢伙切磋一下，可不可以把他借給我？」
「大哥，我無所謂！」

雷烏斯看著我的眼神彷彿在說他想去，十分認真。

想不到雷烏斯不是向人下戰帖，而是被下戰帖的那一方。儘管有點不安，從馬可西米利安的言行舉止看來，他似乎是個不拘小節的人，因此我苦笑著答應。

「雷烏斯常常做出失禮之舉，您不介意的話……」

「無所謂，我不在意那點小事。好！小鬼，來打一場吧！」

「好。大哥，我走啦！還有我不叫小鬼，我叫雷烏斯！」

「哈哈哈，等我認同你的實力就叫你名字！」

……這人宛如一陣颱風，把場面搞得一團亂。

我目送短短幾分鐘就意氣相投的兩人離開，和馬克一起輕聲嘆息。

「結果他是來幹麼的？」

「抱歉。如你所見，我哥很喜歡強者，他聽到我說你們很厲害，好像想親自確認你們的實力。希望他不要弄傷雷烏斯同學……」

「別擔心，受傷對那傢伙而言是家常便飯。而且和各式各樣的人交手也是種經驗。」

「聽到你這麼說我就放心了。那我們差不多該走囉。」

我站起來準備辦今天的正事——幫馬克訓練魔法，艾米莉亞卻在我離開陽臺前站到我前面，深深低下頭。

「天狼星少爺，我有個不情之請。」

「真難得。別客氣，儘管說。」

「謝謝您。其實我想向在這裡工作的傭人們請教一些事……」

對艾米莉亞來說，她對隨從的瞭解只有媽媽教的那些，所以她好像想跟赫爾提亞家的傭人多學一點。

「熱心學習是好事。馬克，關於這件事……」

「嗯，我覺得艾米莉亞同學的態度值得稱讚。抱歉，麻煩你了。」

「是，請您交給我吧。」

再怎麼說都不能放艾米莉亞一個人，因此決定由在馬克身後待命的年長管家跟著艾米莉亞。

他在赫爾提亞家是頗有地位的傭人，應該可以信賴。

「天狼星前輩，我也和艾米莉亞一起。因為我有點不放心……」

「……拜託妳囉。」

大概是因為身為隨從的血液在沸騰吧，艾米莉亞踏進這間房子後眼睛一直在發亮，突然失控也不奇怪，莉絲肯陪在她身邊真的太好了。

我一面在心裡感謝最近成為兩姊弟的煞車的莉絲，和馬克一同前往赫爾提亞家的訓練場。

之後我們在訓練場一起練習魔法，太陽下山之時，馬克抓到了一點訣竅。

「呼……呼……成功了……終於成功了！」

他成功同時製造出兩根之前只能一次做出一根的「火焰槍」，舉起雙手，興奮得全身顫抖。儘管還不能控制它們射向指定地點，既然都學會做出複數的「火焰槍」了，這也是遲早的事。

「恭喜你，馬克。只要像剛才那樣不畫地自限，學會在腦內想像，你的魔法就會更靈活。」

「嗯，雖然很難用言語形容，我覺得我懂了。話說回來……好久沒體會到這種自己有所成長的感覺。我真的很高興。」

我和沉浸在喜悅中的馬克一起回到屋內，和弟子們會合，眼前景象卻令我忍不住歪過頭。

「雷烏斯，跟你交手真開心啊！我們之後再戰！」

「嗯！下次我可不會輸你，馬克西米利安先生！」

我知道。這兩個同類八成是透過戰鬥認同彼此的實力了。

雷烏斯身上到處都是傷，不過看他們搭肩笑得那麼開心，就忽略這點吧。

「呵呵……加油唷，艾米莉亞。只要好好使用妳的武器，一擊就能攻陷人家。」

「謝謝您的指導！」

乍看之下，艾米莉亞好像向赫爾提亞家的傭人學了不少，但對方是個莫名性感的女性讓我有點在意。

與其說是傭人，感覺比較像情婦……怎麼看都是專門在晚上服侍主人的那種。艾米莉亞手上還多了個小袋子，妳到底跟人家學了什麼？

「莉絲，下次我一定會用我做的菜把妳餵得飽飽的。」

「是，謝謝您的招待！」

最神祕的是莉絲。

她應該都跟艾米莉亞在一起才對，為何和疑似廚師長的人混得這麼熟？

「這位先生嗎？他是這裡的廚師長，我和艾米莉亞一起去廚房參觀時認識的。」

我請莉絲說明一下，她告訴我傭人帶她們參觀宅邸時來到廚房，試吃了員工餐。廚師長看到莉絲的吃相很滿意，就請她吃了各種料理。

這場試吃會似乎持續到跟我們會合為止，也就是說，莉絲直到剛才都在吃東西……

「我跟馬克商量過，等等要在他家吃晚餐……妳吃得下嗎？」

「好期待唷！」

「喔……嗯。」

莉絲露出滿面笑容，應該是沒問題。

順帶一提，莉絲的體型是肌肉與脂肪比例適中的平均值。連續吃好幾小時的食物，要怎麼裝進她的體內？

這是莉絲成為我的徒弟後最大的謎團。

「哈哈哈，看來大家都處得不錯呢。」

我想吐槽「他們適應得未免太快了吧」，可是所有人都玩得很開心，講這種話太不識相……

於是我什麼都沒說。

晚上我們在赫爾提亞家享用豪華的晚餐，離開後回到鑽石莊。

兩姊弟和莉絲常常沒事也會在鑽石莊待到宿舍的熄燈時間將近，今天他們也留下來告訴我，當我和馬克訓練時發生了什麼事。

「雖然沒爺爺那麼厲害，馬克西米利安先生的劍也超重的！還有，他說他想和大哥打打看。」

「嗯……有機會的話。莉絲是……一直在吃嗎？」

「啊、啊哈哈…………是的。」

莉絲在赫爾提亞家時一副幸福無比的樣子，回到鑽石莊就冷靜下來了。她講話支支吾吾，好像覺得自己的行為很丟臉。

「然後……艾米莉亞跟那個人學了什麼？」

「是！我學到很多有意義的事！」

艾米莉亞露出一般男性八成會看呆的燦爛笑容，我卻有股不祥的預感。

我望向放在她旁邊、她從赫爾提亞家帶回來的袋子，艾米莉亞沒有隱瞞，拿出裡面的東西給我看。

「呵呵呵，這是我的殺手鐗！我也有幫莉絲拿唷。」

「一塊黑布？姊姊，那是啥啊？」

「手帕……好像太薄了點？而且上面還有洞……哇!?」

莉絲攤開艾米莉亞給她的黑布，那是……一件黑色內褲。

莉絲羞得面紅耳赤，艾米莉亞則對我露出得意的笑容。

「雖然對我來說還有點大件，只要調整一下就能穿了！那個人說穿著它鑽進對方的床，任何男人都能一擊攻陷！」

「沒收！」

「啊啊!?」

艾米莉亞穿這個還太早了！

我沒收內褲，有種自己是她爸的感覺。艾米莉亞黏過來想搶回內褲，一臉泫然欲泣，可是我摸摸她的頭她就不動了。

「呵呵呵……啊!?不、不對!請您把它還給我——呵呵呵……」

「等妳大一點再穿……好嗎？再過幾年妳就會成長為適合這件內褲的大人，到時就能穿囉。」

「好的……等我長大再穿……」

在旁人眼中我就是個搶人內褲的變態，不過這全是為了她好。沒什麼好害羞的。

就這樣，赫爾提亞家的家庭訪問到此結束…………並沒有。

隔天……

「早安，天狼星。」

「……早安，威爾老師。怎麼一大早就來找我？」

我來到學校，在進教室前被威爾老師叫住。

我提高警戒，心想「是不是發生了什麼事」，不過……

「我想差不多該來塊蛋糕了……忍不住跑來找你。」

你是小孩子嗎!

「……我明天會帶，今天請您先回去吧。」

「一定要帶喔!」

我帶著僵硬笑容目送面色正經的威爾老師離去，在後面聽見這段對話的徒弟們點點頭，一副深有同感的樣子。

「因為天狼星少爺做的蛋糕是人間美味，會有那樣的反應很正常。」

「大哥，我也想吃蛋糕！」

「我也想吃……」

只不過是個蛋糕……這樣想的我很奇怪嗎？

我嘆著氣走進教室，和同學們問好，坐到位子上，這時馬克明明沒有遲到，卻匆匆忙忙進到教室跑到我面前。

「天狼星同學！不好意思這麼突然，有件事想麻煩你！」

「喔、喔，可以請你先說明一下嗎？」

「說、說得也是。其實昨天晚上……」

昨晚……我們回去後，馬克跟他家人一起吃了我帶去的布丁。

裡面可能有毒他們還願意吃，表示他們還挺信任我的，所以我很高興。

問題是之後發生的事。

馬克一家人都吃得很開心，但……

「最後剩了一個，我妹先下手為強把它吃掉了，結果哥哥氣到不行！所以你今天放學，方便來我們家做那個甜點嗎？」

……怎麼每個人都像小孩子似的。

後記

各位讀者好久不見。我是ネコ。

多虧各位的支持，本作終於出了第二集。

感謝繪製精美插圖和把新角色莉絲畫得如此可愛的 Nardack 老師。

感謝協助本作出版的各方人士。

作者ネコ雖然高興得全身顫抖，天狼星他們的故事才剛剛開始。我會努力維持這個狀態，讓本作能出到第三、第四集。

好了……要講的話一下就講完了。

上一集後記篇幅只有一頁，這次卻有好幾頁……因此我想和各位分享一些作廢的題材。

其中有幾個說不定會洩漏劇情，建議各位看完正篇再來看之後的內容。

作廢的題材……其一。

天狼星和銀狼族姊弟邂逅前，先遇到妖精菲亞和剛劍萊奧爾，可是在本作的構思階段時其實還有一個人……某位貴族青年。

內容是遇見萊奧爾之後的故事，天狼星在空中探索阿德羅德大陸時，發現一座大城市。

他在附近的森林降落，走向城市時，看到數名男人在追捕一名青年。那群男人為了滅口，也盯上了天狼星。

然而天狼星不費吹灰之力就把他們擊退，青年見識到天狼星的力量，向他說明情況後拜託天狼星擔任他的護衛。

天狼星怕整天沒回家會讓家人擔心，拒絕了青年，卻因為青年誠懇的態度決定幫他一把。

青年是住在附近城市的貴族，因為繼承權的關係被血脈相連的弟弟追殺。經過調查，天狼星發現青年的弟弟是侍奉那家人的隨從的傀儡，便暗地解決掉那些人。

我已經忘記我是怎麼想的，大概是預計讓天狼星在這段劇情發揮前特務的能力吧。狙擊敵人、把他殺偽裝成意外事故等等，當時我還沒想那麼多。

之後天狼星跟青年道別，長大後與他重逢，開始新的故事……類似這種感覺。

這個題材之所以作廢……是因為當時我沒做筆記，之後忘記了，等到天狼星入學才想起來……就是這樣。

不管記不記得，說不定最後都會因為篇幅問題刪掉這段。

作廢的題材……其二。

莉絲拜天狼星為師的過程，我想看了正篇就會知道，其實在構思階段還有另一段劇情。

天狼星同樣是經由艾米莉亞的介紹和莉絲認識，不過有個讓兩人感情變好的事件。

入學數日後，學校舉辦一個類似迎新的兩天一夜活動，全體新生一起去附近的森林驅逐魔物累積實戰經驗，體驗露宿的感覺。

這時艾米莉亞把莉絲介紹給天狼星認識，有的學生聚集過來吃天狼星做的菜，有的貴族抱怨不想在外露宿，雖然發生了一點小問題，第一天就這樣平安落幕。

然而回程的時候，莉絲的無心之舉惹到那些蠢貴族，被人假裝成意外推落懸崖。天狼星毫不猶豫跳下去救她，用「魔力線」控制降落速度，好不容易在懸崖下的森林降落。

那是座有很多凶暴魔物的森林，天狼星背著嚇到腿軟的莉絲，用「探查」調查周圍，前往會合地點。

我還想了「途中開始下雨，天狼星便找了個洞窟進去晾乾衣服」這種感覺的小故事。

一走出森林，兩人就遇到一隻巨大的魔物，為了保護莉絲，天狼星拿出真本事把魔物打倒。

親眼見識到天狼星超越常人的力量，莉絲明白了即使是無屬性也能變得這麼強，本來就想變強的她因此決定拜天狼星為師。

……我還想了以上這些劇情。

考慮到莉絲的身分和今後的展開就作廢了。

這次是因為篇幅關係沒放進去，下一集應該會進展到第一集開頭天狼星認真起來的片段，以及莉絲的真實身分。

那麼各位，若下一集順利出版，讓我們再在那裡相會吧。

WORLD
異世界式教育特務
TEACHER

浮文字

WORLD TEACHER 異世界式教育特務2

（原名：ワールド・ティーチャー -異世界式教育エージェント- 2）

著者／ネコ光一　封面插畫／Nardack　譯者／Runoka
發行人／黃鎮隆　副總經理／陳君平
總編輯／洪琇菁　國際版權／黃令歡
執行編輯／梁瀞　美術編輯／李政儀
文字校對／施亞蒨　企劃宣傳／邱小祐、劉宜蓉
出　版／城邦文化事業股份有限公司　尖端出版
台北市中山區民生東路二段一四一號十樓
電話：(〇二)二五〇〇七六〇〇　傳真：(〇二)二五〇〇二六八三
E-mail：7novels@mail2.spp.com.tw
發　行／英屬蓋曼群島商家庭傳媒股份有限公司城邦分公司　尖端出版
台北市中山區民生東路二段一四一號十樓
電話：(〇二)二五〇〇—七六〇〇（代表號）
傳真：(〇二)二五〇〇—一九七九
北部經銷／祥友圖書有限公司
電話：(〇二)八五一二—三八五一
傳真：(〇二)八五一二—四二五五
中彰投以北經銷（含宜花東）／楨彥有限公司
電話：(〇二)八九一九—三三六九
傳真：(〇二)八九一四—五五二四
雲嘉經銷／智豐圖書股份有限公司　嘉義公司
電話：(〇五)二三三—三八五二
傳真：(〇五)二三三—三八六三
南部經銷／智豐圖書股份有限公司　高雄公司
電話：(〇七)三七三—〇〇七九
傳真：(〇七)三七三—〇〇八七
一代匯集／香港九龍旺角塘尾道六十四號龍駒企業大廈十樓B&D室
電話：(八五二)二七八三—八一〇二
傳真：(八五二)二七八二—一五二九
馬新經銷／城邦（馬新）出版集團Cite (M) Sdn. Bhd.
E-mail：cite@cite.com.my
法律顧問／王子文律師　元禾法律事務所
台北市羅斯福路三段三十七號十五樓
二〇一六年九月一版一刷
二〇一八年四月一版四刷

■中文版■

郵購注意事項：
1. 填妥劃撥單資料：帳號：50003021戶名：英屬蓋曼群島商家庭傳媒(股)公司城邦分公司。2. 通信欄內註明訂購書名與冊數。3. 劃撥金額低於500元，請加附掛號郵資50元。如劃撥日起 10～14日，仍未收到書時，請洽劃撥組。劃撥專線TEL：(03) 312-4212 ・ FAX：(03) 322-4621。E-mail：marketing@spp.com.tw

國家圖書館出版品預行編目資料

WORLD TEACHER異世界式教育特務 / ネコ光一作 ;
Runoka譯. -- 初版. -- 臺北市 :
尖端, 2016.09- 冊 ; 公分
譯自 : ワールド.ティーチャー : 異世界式教育
エージェント
ISBN 978-957-10-6594-6(第1冊 : 平裝)
ISBN 978-957-10-6704-9(第2冊 : 平裝)

861.57 105004381

WORLD
異世界式教育特務
TEACHER

WORLD
異世界式教育特務
TEACHER